重回1937

蒋 殊/著

天津出版传媒集团
百花文艺出版社

图书在版编目（CIP）数据

重回1937 / 蒋殊著. -- 天津：百花文艺出版社，2018.5

ISBN 978-7-5306-7494-9

Ⅰ. ①重… Ⅱ. ①蒋… Ⅲ. ①散文集-中国-当代 Ⅳ. ①I267

中国版本图书馆CIP数据核字(2018)第067501号

选题策划：于静筠　　装帧设计：郭亚红
责任编辑：于静筠

出版发行：百花文艺出版社
地址：天津市和平区西康路35号　邮编：300051
电话传真：+86-22-23332651（发行部）
+86-22-23332656（总编室）
+86-22-23332478（邮购部）
主页：http://www.baihuawenyi.com
印刷：山东临沂新华印刷物流集团
开本：880×1230 毫米　1/32
字数：179 千字
印张：8.125
版次：2018 年5 月第1 版
印次：2018 年5 月第1 次印刷
定价：48.00 元

目　录

序

我为什么书写这片土地

这几年,经常有人问我,为什么执着地书写武乡?答案其实很简单,那是我的家乡,我美丽而忧伤的家乡。

但是,书写武乡,又不仅仅因为她是我的家乡。

武乡,地处太行和太岳两座大山之间,北部的石盘山、广志岭成为从晋中谷地通往上党地区的天然屏障,历来为兵家必争之地。翻开中国人民解放军的军史和中国的革命史,武乡这个名字出现频率颇高,八路军总部在转战中总共走过八十二个村庄,仅在武乡就走过九个村庄,也是转战三十五个县中走过的村庄最多的县。八路军总部朱德总司令、彭德怀副总司令和左权副总参谋长等领导人,从 1937 年 11 月 14 日首次进驻武乡,到 1942 年 6 月 17 日最后一次离开,先后进驻了五次,驻扎时间长达五百三十六天。在这里,他们与 129 师刘伯承师长、邓小平政委,在太行山上,指挥名震中外的八路军战胜了重重困难,与敌作战一万多次,歼敌十万余人,建立了晋察冀、晋冀鲁豫、晋绥、山东等抗日根据地。南至黄河和陇海路,北至大青山,西临黄河与陕甘宁边区相望,东至渤海之滨,把广大的华北敌后,变成了强大的抗日战略基地。抗战时期,先后有八个旅、三十一个团在武乡战斗生活。在这片热土上,留下了一代开国元勋与将领的光辉足迹，刘少奇、朱德、任弼时等一大批老一辈革命家都曾在此运筹帷幄，指挥华北抗日游击战争与根据地建设。开国将领中五位元帅、五位大将、十九位上将、四十九位中将、三百位少将都曾在此战斗、工作和生活。这里不仅是华北敌后抗日游击战争的司令部，也是华北妇女抗日救国运动的中心。中央北方局妇委领导人浦安修、刘志兰、卓琳、王泓、马玉书、孙明、黄娣、徐若冰等，"抗大"总校的郝治平、傅涯等，特别是我国现代革命斗争史上著名的妇女运动领导人康克清、李伯钊、刘亚雄等，均在这里长期生活、战斗，领导和组织了当地半边天的妇女解放运动，带领勤劳、勇敢的太行妇女冲破封建牢笼，走上抗日战场，投入大生产运动，为争取抗日战争的最后胜利做出卓越的贡献，在我根据地妇运史上写下光辉的一页。到1940年，八路军队伍已壮大到四十万人，收复县城一百五十座，解放敌后人民四千万，迎来了抗战胜利的第一缕曙光。进驻次数最多、驻扎村庄最多、驻扎时间最长，奠定了武乡在中国抗战历史中的地位。

抗战那些年，淳朴善良的武乡人民全民上阵，"出粮、出兵、出干部"，抗战支前，英勇献身。不足十四万人口的武乡参加各类抗战团体的人民竟达九万人之多，报名参加八路军的武乡子弟达一万四千六百多人，武乡兵民血洒抗日疆场为国捐躯的烈士近两万人之众！武乡全民投身于抗战洪流，一批又一批优秀干部调往各地，仅从武乡调出的区级以上干部就达五千四百名，正式载入《英名录》的烈士达三千二百多名。

在武乡战斗与工作过的老首长说："领袖的足迹在这里留下，人民的军队在这里壮大，民族的脊梁在这里挺起，时代的精神在这里升华……"

武乡，是八路军之都，民族脊梁！

武乡，是一座没有围墙的抗战历史博物馆，一首永远唱不完的英雄之歌……

记得小时候，爷爷奶奶常常会提到日本人；上小学写作文，还在老师的指导下采访过村里放羊的爷爷，他时而怒气冲冲时而骄傲十足，因为他用鞭子赶走过日本人。那时候的电影，许多与战争有关。想看电影，却期待看结尾，因为只有结尾是欢乐的：随着嘹亮的冲锋号声，我八路军一举而上，消灭敌人。尽管如此，内心却常常有一种不安，日本人，会不会再回来？战争，会不会再发生？

忧伤的内心，缘于一段忧伤的历史。

2015年，是抗日战争胜利七十周年。因了这个节点，我走近一些参加过抗战的老兵。记得县民政局负责人与我核实采访人员时，提笔划掉两个名字，说是刚刚去世的；又勾出十多个，说这些或卧病在床或因听力、记忆力衰退已经完全不能沟通。说完后他自己轻轻叹了一声：名单一年比一年短了。

那是沉重的开始。就是那一刻，我觉出这份名单的分量，也觉出肩上的责任。几经努力，我接触到十三位抗战老兵。其实就是民政局精心挑选出的这十三个人，也大多听力不行，有两位完全听不到声音。

2016年到2017年，我又陆续走访了不少村庄，寻访到一些在抗战中遇难的烈士后人。这些人大多超过八十岁。岁月磨砺下，他们与那些老兵一样，最大的问题是听力障碍。然而这些老人家，一个一个，都努力想听清我的每一句话，也都非常努力地回忆尘封了多年的如烟往事。他们用并不清晰的表达，向我描述着当年。

我用每一次采访后嗓音嘶哑作代价，倾听着他们隐秘处的心灵。

当年，就这样一幕一幕，传递到我的笔下。

采访过几十位老人，每人与我的交流至少都在半天。他们中间，没有一个人停下来喝过一口水，没有一个人说过一句累。他们每一个人，都有长长的故事要向我呈现。每一个人，也总是带着不舍的眼神送我离开。

2015年初接触时，老兵当中年龄最大的已经一百岁，最小的也有八十八岁。郭贵云，在长乐滩大战现场，接受了我的采访，提起七十年前逝去的年轻战友，他几度哽咽，默默落泪；魏太合，今天谈起当年的老班长，还是忍不住问我：孩子，你说他身上的二十七刀，一刀一刀，日本人是怎么扎下去的？当年野战医院的护士王桃儿，曾眼睁睁看着无数烈士的鲜血，将蟠龙的石门、南郊的土地浸润得一片殷红。她在我面前长长叹息："他们都死了，我怎么还活着？"

犹记，马家庄八十二岁的老人赵炳旺刚刚开了口便哽咽：不要说了，不想说了！犹记，胡家垴惨案幸存者边擦眼睛边说：等等再说……

每一次采访，都是一堂沉甸甸的课程。每一次倾听之后，都有一种感觉，土地不是我熟悉的土地，村庄也不是我熟悉的村庄。

提到战争初始的长乐之战，几位老人异口同声：血水！血水！当年的浊漳河，成为红色的海洋。他们说：一场大雨过后，涨了大水，才冲走两岸埋也埋不完的尸体。

关家垴，处在武乡东北的高地上。那里曾经发生过一场无比悲壮的战斗，大地刺眼地浸泡在鲜红中。2016年深秋，我终于来到这里。蜿蜒的山路，一路攀上，关家垴的村民正在收玉米。纪念碑前，杂草丛生，高近一米。我不知道草多长时间可以长这么高，我也不知道为什么英雄的墓碑前全是荒草。问过村人,他们说国庆刚刚祭奠过。是的,杂草中散落着两个花圈,两个空啤酒瓶。证明村人来过,证明有人记得烈士的英魂。

半年之后,我再一次去了关家垴,这次是深入当年五百名日军负隅顽抗的关家垴村。曾经修筑的工事,早已灰飞烟灭。对面的柳树垴,依然平静地矗立在原地。小小的村庄,宁静的村庄,三三两两的老者在阳光下聊天的村庄,如果不是走近,谁能知道这里曾经那么悲壮那么血雨腥风!

近两年时间, 我从武乡最西面的南关, 行走到最东头的关家垴,足迹涉及全县 14 个乡镇中的 11 个,以及襄垣、太原等 30 个村庄(市县),文章内容涵盖了整个武乡县。一寸一寸的丈量中,曾经的岁月在我脑中一点点明晰。这些苦难深重的老人,这片英魂遍地的土壤,为我翻捡出一段一段血迹斑斑的历史。

近两年,我断断续续,却几乎走过整个武乡。作为一名武乡人,我深感惭愧。一边走一边想,我的家乡,原来是这般模样!原来是这般模样?

问过一些孩子:知道武乡的抗战史吗?家里有因战争死去的先人吗?孩子们茫然地摇头。一位老师告诉我:孩子们怎么会知道,书本里根本没有。

孩子们怎么会知道?连我这个从事文字工作的人,也竟然是在开始写这段历史之后,才知道我的曾祖父,竟是死于日本人之手。

生在新中国,长在红旗下的我们,欠下多少课程?

爷爷奶奶走了,讲故事的放羊老汉也到另一个世界去了。曾经悲伤的电影,也没有了。哪里都是莺歌燕舞,哪里都是春暖花开。

战争,真的远去了。

曾经悬着的一颗心，落地了。

可是，战争是不是真的远去了？

越了解，越忐忑。我怕我不能完整表述出这片土地，以及消失在这片土地上的人们。

2017 年，是抗日战争全面爆发八十周年。我用近两年时间，重温了抗战路程。我不敢说，我走完了这片土地。因为，还有许许多多的沟沟坎坎，我没有去到；还有许许多多装着一肚子苦难的人们，我没有找到。

只能说，走过的路，问过的人，我侧耳倾听他们的心声，忠实记录他们的记忆。他们心安，我亦心安。

作为这片土地上出生的人，作为今后将继续从这片土地上汲取养分的人，我至少可以告诉他们，对这片土地，我越来越熟悉，也越来越爱得深沉。

从 1937 年到今天，整整过去八十年。而无论是老兵还是从战争中走过的老人，都对那段记忆清晰如昨。可是这样的老人越来越少了。今天，大多数六十多岁以下的人，对于这段历史都是摇头：不清楚。

而在脑子里保存着这段历史的老人们，一个一个，陆续要离开我们。他们终究要走，但历史不应该被带走。

感谢，那些虽然不清楚那段历史的村民，却愿意放下手头的活计，带着我推开一扇又一扇门，找寻一名又一名有历史记忆的老人。

如果，这些文字可以让更多的人看到，让所有的孩子看到，将是我最大的希冀。我希望若干年之后有人再问起这段历史，不必像我今天这样千方百计地去寻找。

一颗心,映现着一段历史。有幸,在那些大山深处的简陋窑洞中,我与他们一道回望家乡。

我知道,回望是一种痛苦。感谢那些老人,带着失去战友与亲人的苦痛,展现心灵。

写完这些文字，忧伤的气息扑面而来，如同行走在那片大地上。

这是一本献给武乡的书，也是献给所有被日军侵略过的中国大地的书。这是一本纪念在这片土地上牺牲的有名与无名烈士的书,也是献给所有为了中国抗日战争而牺牲的先辈的书!

如此,武乡就不仅仅是哪一个人的家乡,它是抗战那些年间,苦难中国的缩影。

致敬,武乡！致敬,中国!

前两天，突然想起那位百岁老兵，今年该是一百零二岁了。按当时的状况，老人一定还很健康。因为他最大的愿望，就是执着地再等十年，以老兵的身份，去一趟天安门广场。

电话拨给他女儿时，却听说老人已经于2016年4月份去世了。

女儿深深责怪着自己。她说父亲是因为不小心摔断胯骨无法做手术而在疼痛中离去的。这样的去世方式，让人万般心痛！

等不来的十年

2015年深秋，落叶一路。

从武乡县城一路向东，向洪水镇韩青垴村行进。

之前与武乡县民政局沟通采访对象时，他们并没有把李月胜老人列入，缘由是他年龄太大了，腿脚及语言沟通怕都不顺畅。无意中看到他的出生年月，发现他是这份名单中唯一一名百岁老人。

有些遇见，错过可能后悔一生。

就这样，第一个便走进他的家门。

多年了，没领略过浊漳河两岸深秋的滋味。落叶、芦苇、庄稼在秋风中交织呈现，竞相展现着秋之魅。顺着浊漳河水而下，在洪水镇一处岔道口作别浅浅的河流，自北而上。去往韩青垴村的路弯弯曲曲，但很顺畅干净。尽管是我的家乡，却是第一次走进这个区域——武乡县东部。秋日的乡村路上风景独好，饱满的果实已过了最轰轰烈烈的收割期，只有少量还待在地里，必是家里的主人因事

一百岁老兵李月胜婴儿般纯净可爱。

忙碌拖延了带回它们的时间。只剩下秸秆的田地里，散发着淡淡的忧伤气息，满目尽是萧瑟之美。

我在久违里迫不及待。

院门开处，村支书在，李月胜的女儿在。

这是一个像婴儿般干净与可爱的老人！坐在他身边，有一股想亲近他的冲动。岁月残酷，当月整整满一百周岁的老人听力有了严重障碍。但纯净而天真的笑容始终挂在他的脸上，两条腿伸直坐在炕上，两手放在两腿下，上身前后晃动着，嘴里时而还哼唱一些曲调，像被妈妈关在家的小孩无聊玩耍。

他的云淡风轻，瞬间击碎我一颗汹涌澎湃的心。

山河碎过，重整的疼痛也早已成为过往。每一天，风依然翻山越岭吹进太行山，再贴着浊漳河哗哗流动的水漂向远方。

百年历程，早让岁月抹平，顺着风，顺着水，灰飞烟灭。

突然觉得，还有什么不能化解？

李月胜老人看着女儿，“抽根烟吧？”

女儿说：“抽了又要头晕，你看人家这个女娃娃好看不？”

于一百岁的老人而言，我自然是一个女娃娃。于是我们聊天，很大声地，在他的左耳边。

李月胜老人 1938 年 3 月参军。那时候，在武乡黎城通往河北涉县的东阳关至响堂铺一带的战斗正撼天动地地打响，八路军129师以386旅771团、772团;385旅769团三个团的兵力，伏击日军108师团辎重部队一百八十辆由黎城开往河北涉县的汽车。

徐向前副师长对阵森木少佐。

那一场战斗，山谷雷动、硝烟弥漫;包围与突围较量，援救与打援争锋!最终以我方胜利宣告结束，缴获大批军用物资——迫击炮四门、歪把子轻机枪十八挺、三八式步枪数百支、黄呢子大衣上百套等。万般可惜的是，由于当时没有驾驶员，日军的一百八十辆汽车在熊熊大火中成为一堆废品。日军四百多名随车军人，除三十几人漏网外全部被歼。

这场战斗，八路军朱德总司令、彭德怀副总司令、左权副总参谋长、刘伯承、朱瑞、张浩、徐海东、傅钟、李达等;国民党方面曾万

见到时年一百岁的老兵李月胜，他婴儿般的皮肤干干净净，摇动着身子坐在炕头。

钟、李家钰、朱怀冰、高桂滋、武士敏、赵寿山等三十多名少将以上高级将领，都在预定参观高地进行了现场观摩。这场历时两个小时激动人心的胜利大战，让国民党将领认识了游击战，坚定了两党合作必能抗战的信心。

当然，战斗极大地惊动了日军108师团的“皇军长官”，他们对武乡这片土地与人民的攻势越发凶猛。

绵亘于太行、太岳两山之间的武乡县，再守不住一方静谧。山清水秀的上空瞬间被硝烟笼罩，勤劳朴实的百姓难进自己家门。

武乡地区的抗日烽火，全面点燃。

仰天长叹，家园何在？

二十三岁的李月胜，正是风华正茂绝代好年华，从此穿起军装，一头扎进抗战队伍中。

关家垴、中条山、围困蟠龙、解放段村、淮海战役等战斗，他至今都可以历数。那些惊心动魄，他说得云淡风轻。听得急，问得细，他便说：“打过七八十次战斗了，哪儿能记得清！”

七十年的岁月，流走的不仅是时光。

翻开韩青垴村日历，战争年代一页页光彩照人。未穿军装之前，李月胜就是民兵，他们的队伍里，还出了个有名的“麻雀战能手”高贵堂。高贵堂与李月胜同村，年龄也不差几岁。1942年至1944年，日本人大规模“清剿”武乡后，他作为编村武委会副主任，带领民兵利用当地沟壑纵横的有利地形，广泛开展麻雀战，与敌人进行了大小战斗一百四十多次。那时候，太行山区的崇山峻岭间，到处都是高贵堂们的身影，他们经常利用熟悉的地形，翻山越岭，暗中袭击敌人，掩护百姓，有一次还虎口袭敌为八路军夺来二十驮棉花。仅高贵堂一人消灭的敌人，就有几十个。

时势造英雄。那个枪林弹雨的乱世，在这个太行山区的小县城里，成千上万的群众和民兵，利用筑起来的新工事——地沟、暗堡、冷枪洞，和闯进来的敌人进行一轮又一轮的激烈斗争；一批又一批百姓扔下锄头，举起刀、端起枪，冲锋陷阵。杀敌英雄郝狗小、少年英雄李爱民、孤胆英雄程坦、视死如归张瑞林、坚强如钢武三林、大胆杀敌郑孟孩、虎口救人任胖则等等英雄人物名震太行，万世流芳。

一百岁的老兵李月胜一在镜头中看到自己，就掩饰不住灿烂的笑容。

太行山、浊漳河，都是武乡的守护神。那个年代，滔滔浊漳河水汹涌地怒吼，每到夏秋之季，更是洪水暴涨之时。这个时候，当地民兵就会充分利用家门前河水的优势对敌作战。当时，李月胜村子所在地有一个闻名当地的暴庆堂中队，1942 年 9 月的一个上午，忽然闻听，一股敌人从襄垣牛郎沟里出来，准备从北口渡过浊漳河，企图偷袭武乡西川、下北漳一带。

与太行山里的百姓有着鱼水深情的浊漳河水，怎容敌人轻易来犯？

李月胜老人挥着手说，小日本要进犯我浊漳河水，还不是对手！

果然，当十几个鬼子被命令脱掉衣服，互相用绳子串起来，头顶着衣服枪支下水渡河时，河岸这边的暴庆堂中队已经瞄准，待他们渡至河中央袭击了他们。敌人进不能，退不得，挣扎着一串儿倒在水中。岸上的敌人想出手帮忙却不能，只好一边还击，一边夹着尾巴逃窜。

在今天，这些成了故事的事件说起来妙趣横生，李月胜老人也听得哈哈大笑。然而当年的烽火岁月，他这个响当当的军人，浑身上下的弦可是绷得紧了又紧。

一入伍就被扔进枪林弹雨中。两年之后，李月胜已经成长为一名合格的八路军战士。李月胜在部队是机枪手，最大的官做到排长，可他记不清是哪一年。不管怎么说，当年这个年轻的八路军战士领导着三四十名同样从各个村庄聚拢而来的年轻军人，蹚泥水、钻沟壑，击退了一批又一批入侵的日军。

关家垴战斗时，李月胜跟着769团一千五百多人就集结在关家垴西北的洪水镇中村一带参战。他说，战争场面，就如人们在电影电视里看到的一样惨烈。只是作为战士，他们没时间犹豫，没时间迟疑，念头只有一个，就是冲！就是杀！就是打！前面的倒了，后面的补上；一批人倒下，又一批人冲上去。

怕是什么东西？死是什么概念？

走上战场，就时刻准备着牺牲。

769团三连三排长李长林、神炮手赵章成、三营营长马忠全、通信员何云志等英雄，以及二营八连连长王恒忠等烈士，在那场战争中都成了后人应该铭记的英雄。

李月胜老人起初说他在部队的日子里打了七八十次仗，其实是错误的。据记载，仅蟠龙一地的五个月当中，我军与日军的交战就达八十九次。

老人磕磕绊绊回忆，蟠龙围困战，历时八个月零十四天，共歼敌两千一百多名，伪军逃跑、投诚者二百四十多名。后来，被我军俘获的剿共军第一师副师长段炳昌在写给师长赵瑞的信中发出这样的哀鸣："原以为大军所至，'匪共'胆寒，民众依归，事实殊出意外，至今民众屡召不返，治安更风雨飘摇，前途困难重重……"最终，侵占武乡蟠龙达八个月之久的敌人在我广大军民的包围之下，被迫于1944年8月28日像过街老鼠一样偷偷溜出小镇，狼狈逃回段村，粉碎了当初敌人想劫取柳沟丰富煤铁资源的野心。

此后，在蟠龙镇召开了万人庆功祝捷大会。

"人山人海，锣鼓喧天。"今天，老人只能一遍遍重复这一句，来抒发他记忆中的美好心情。769团六连被选为"围困蟠龙模范连"；五连二排排长王凤才，14团营长钟明锋、排长靳小瑞，关家垴民兵关二如，马家庄民兵指导员马应元被选为太行区一等杀敌英雄；韩壁村农会主席韩国栋、和树辛、李马保被选为模范抗日干部；窑上沟民兵"张家班"，秦家烟村李家两兄弟，太行"地雷大王"王来法，菜刀英雄李庆和，推鬼子落井的郝贵堂等被选为名震太行的抗战功臣。

被裹在人流里的李月胜忘记了负伤的疼痛，用欢呼庆贺着队伍的又一次成功。

曾经战场上杀气腾腾铁一般的军人，今天炕头上喜眉善目如孩童般的老人。再怎么联想，也难以叠合为一个人。

于是，总想和老人聊聊当兵时的心情，总觉得战争对于年轻的他们来说是件可怕的事情。"怕也是个怕。"李月胜老人呵呵一笑，"当兵还怕死？怕死不当兵。"边说，边笑，轻薄的身躯前后晃动着。

当兵就要受伤。李月胜老人解开衣服，让我看他的左乳头，已经没有了，只有一片大大的疤痕，就是当年攻打蟠龙镇时受的伤。而他右腰部的伤更重，一次战斗中，趴在地上的他正疯狂扫射，却不料被对面飞过来的一颗子弹从右肩膀打进，子弹无情地一路深入，直穿到他的右腰，深深卡在身体中。鬼子的这颗子弹，竟然在他的身体里住了十一年。直到 1957 年，家里条件渐渐好了一些时，老人才去长治做了手术。

一颗仇恨的子弹摆在多年以后的阳光里。人到中年的李月胜尽量压制着一腔愤恨，却怎么也管不住他平静了多年的一颗心再次剧烈跳动。思绪，也不听话地跑回从前，一头栽进那段不堪的岁月中。

尽管在他的身体里住了十一年，那颗子弹依旧冰一样冷。

一百岁的李月胜老了，早已不能自己行走。女儿说她在院子外面做饭时，父亲总想出去看她，看不到，就将脸贴在窗玻璃上努力张望，女儿怕父亲不小心摔下地，就时时举着一双沾满面粉的手一遍遍跑进来看他，像当年看护自己的孩子一样。

女儿五十五岁了，两年前，才带着父亲从她所在的阳曲县回到韩青垴村，专心照顾父亲。之前的二十多年，父亲一直跟着她，远离家乡。

人老了，总想回来，最终思念成病。那是父亲亲手用枪炮打出来的土地，女儿知道那颗心有多么渴望再次深深亲近那片土地。于是抛开自己的家，带父亲回到大山深处久别的家中。

如愿坐上自家炕头的李月胜，脸上展现出久违的笑容，恢复了曾经的红润。

李月胜唯一的女儿李留萍是抱养的。李留萍出生二十多天就来到李月胜家，那一年，李月胜已经四十五岁。之前，李月胜的爱人生过几个孩子，但都是一出生便夭折了。李留萍来后的第三年，母亲又怀了最后一个孩子，没想到次年却因难产而死，大人孩子都没保住。李留萍说从此以后，父亲就又当爹又当妈，与这个唯一的女儿相依为命。就连女儿当初坐月子，都是当爹的伺候。无法想象，战场上拿惯了枪支、田地里握惯犁耙的男人，如何站在灶台前给女儿熬稀饭，做面条，给襁褓中的婴儿洗尿片，清理卫生？

整整一百周岁的李月胜，忍不住就想抽一支烟。他的最大心愿，就是以老兵的身份，去一趟天安门广场。

“我爹可细心呢。”女儿说起父亲，泪光盈盈，“可怜的，一生受了太多苦痛。”

脱离了子弹天天在身边飞的日子，转业回村后，李月胜当上了村干部，负责组织宣传工作。虽不必担惊受怕打仗了，可村里的事也不少，起早贪黑地，半夜三更背着幼小的女儿开会也是常有的事。

“种地好，就是辛苦；当兵也好，就是要命。”回望百年人生，李月胜脸上只剩不见风不见雨的笑容。

感谢生活，让李月胜老人满心满脸阳光明媚。

"你看天气多好,暖烘烘的。"我突然明白,只有经历过背着枪支怀揣地雷在雨水泥泞中浸泡的苦难,才会倍加珍惜与感恩生活中的每一份温暖与灿烂,哪怕只是一缕阳光。

尽管,他如今因前列腺问题经常尿不出来。女儿说用肉眼就能看到里面是肿的。老人还便秘。天天按摩,也成了女儿必做的大事之一。

抗战胜利七十周年,李月胜老人被接去县里的光荣院,受到中央及省里民政部领导的接见。女儿说回来后,老人高兴了许多天。

为啥高兴?他说见到老兵,见到首长;自己为啥被接见?他开心地说,给国家办过好事情,打过日本人。

我们能清楚地看到,老人家内心依旧是抑制不住的兴奋。

也因此,老人有一桩心事耿耿于怀,那就是 2015 年 9 月 3 号,武乡有五位老兵去北京参加了抗战胜利七十周年阅兵仪式。

他多次问女儿,为何不让他去?

这个下午,女儿依旧贴着他的左耳朵,像往常任何一次一样笑着安慰他:"爹,你好好再活十年,到时候,一定给你报个名,带你去看天安门。"

好不好?

老人高兴地连连点头,好!好!好!

以老兵的名义,去一趟北京,看看天安门,成了老人最大的心愿。

一高兴,老人又哼唱起来。女儿问,能不能给这个女娃娃唱一首?他笑着一次次重复:唱唱?

却没唱。

终于忍不住烟瘾,向对面坐着边抽烟边一直听我们说话的侄子说，“给我抽一根。”

侄子递过来，女儿给他点了，在身边盯着。老人大口吸，惬意地闭眼，长长吐出。那至高愉悦的神情，感染了眼前所有人。

半根过后，女儿伸手，老人听话地递过，掐掉。

“头晕吗？”女儿问。

“不晕！”他干脆地回答，语气里又是孩童般的保证，充满着对下一次抽烟的期恳。

女儿笑：晕也不说！

夕阳无限好，从窗外射进来，暖了这个窑洞的下午时光。

李月胜老人的脸，更加慈祥。

临走时，我像他女儿一样对他讲，好好保养，下一个十年，去北京。

他使劲点头：要去！

我知道他信了。

我也信了，告诫自己，十年并不长。

十年，还是太长。曾经想等一个奇迹，还是未能如愿。

百岁老兵李月胜走了，也带走一段厚重的历史。

永远的高地

李月胜老人，以亲身经历断断续续给我描述了他参加过的关家垴之战。他已经不能完全描述清楚,但关键词只有一个:惨烈!前所未有的惨烈!

那个大片大片倒下人的战场,到底是什么模样?

深秋的萧瑟里去这样的地方，心都带着凉意。沿着蜿蜒的山路,一路攀上。走走问问,终于上到关家垴这座高地。车子裹着尘土远远停在宽敞地带。人下车,沿一条极窄的乡间小道继续向前。越上越高。无处再高时,听到人语。地头收玉米的村民抬起头来,指指左手边:走下去就是。

一个高高的山冈,肃穆,静谧,风景秀丽。

一个孤独的山冈,有风声,有疼痛,有低语。

前行、向下、左拐,看到立在空中的纪念碑。一棵树,是它的伴侣。红砖砌的墙体,把旷野挡在外边。走近,一米多高的杂草随着脚步呼啦啦响起。忽然就不敢前行。长眠的英雄,有没有被这声音惊得睁开眼?

几块新旧不一的碑记与牺牲者名录,镶嵌在碑体下面。

风,呼呼吹向这个山岭起伏,沟壑纵横的高地。放眼四望,一片

彭德怀手书的“烈士之血，生命之花”的纪念碑，寂寞矗立在关家垴这块高地。（李晓斌 摄影）

空寂。

犹记，采访抗战老兵魏太合时，他提到关家垴战役时的哀伤。他对这场战役最真切的印象，便是“满目的尸体”。他说那是 1940 年 10 月末，也是像今天一样的季节。可那一年的秋季，全是冷风冷雨。他在战斗结束后以 386 旅老二团后勤战士的身份去了战场。他的任务，是登记牺牲战友的身份与姓名。

硝烟散尽，高地归于宁静。然而满目依然温热的尸体告诉后来人，这里刚刚上演了飞机轰炸、炮击、机枪扫射、拼刺刀等多种作战手段汇集的大决战。鲜血，碎片，横七竖八，姿态各异。没有时间悲伤，没有空隙思索，后勤战士们将阵亡战友衣臂上一个个“八路”牌牌撕下来，郑重地握在手里。从此，他们的身份只剩下一个名字。然而，还有许多战士是不幸的，因为他们身上已经没有了完整的手臂。他们,被无情的炮弹击得支离破碎。

没有人知道,他们姓啥名谁。

他们离开这个世界的方式,令人心碎。

不亲历,永远想象不到战争的残酷。魏太合讲一句,唉几声。脸上的表情瞬间回到七十多年前。没听他讲述之前,我画面中出现的关家垴，是无数战士随着冲锋号奋勇向前的汹涌画面。他讲述之后,关家垴顷刻化为一片血海,一地血肉之躯。

与魏太合一样提起关家垴战役的，还有老兵李月胜。2015 年 10 月底,他以一百岁的年龄,向我讲述关家垴的惨痛。他说关家垴紧临他所在的韩青垴村。他没有像魏太合一样亲历,说起来更多的是两个字:怕人。

1940 年,那个秋风渐深的 10 月 29 日,日军 36 师团冈崎大队五百余人经左会进到蟠龙以东，在取道武乡回沁县而不得的情况下,连夜进了山脊上的关家垴,占领了山顶高地。

抗日历史上这个重大的事件,因了这个拐弯,拉开帷幕。

敌我双方都没有料到,这平凡的一个拐弯,竟拐得山摇地动,山崩地裂。

关家垴村,处在半山腰,村中散落着五十来户人家,一百八十多口人。五百多日本人的进驻,迫使他们离开家园,逃进更深的山中。日军像主人一般,占领了每一个院落,每一间房屋,并迅速构筑起工事。他们挖下一条又一条土沟,拆下老乡的门窗架在上面做掩护,还利用山顶上的坟包筑了机枪阵地。同时又派出一百多人夺占了西南方向距关家垴约一里多地的柳树垴(顶部称凤垴顶),使得两处高地互为依托呼应,一开始就给八路军埋下攻克难题。

关家垴村。(李晓斌 摄影)

最先，是八路军 769 团一千五百多人集结在关家垴西北的洪水镇中村一带备战。形势危急，彭德怀副总司令也从十三里地之外的八路军总部砖壁村赶来亲自指挥，就此拉开关家垴之战。

指挥所，是一处坟地。周围耸立着几棵大树，树叶被惊得哗哗作响，连尘埃都沉浸在肃穆里。

电视剧《亮剑》中，李云龙独立团围歼日军冈崎大队的李家坡之战，历史原型就是百团大战中的关家垴血战。

日军将关家垴称为文德高地。29 日晚，彭德怀指挥 129 师主力十个团将冈崎大队包围，385 旅和新 10 旅，386 旅与决死 1 纵队 38、25 团，总部特务团，总部炮兵团 3 营及特务团山炮连齐聚关家垴周围，在刘伯承、邓小平、陈赓、彭德怀四员大将的亲自指挥下，拟于 30 日凌晨四时发起总攻。

然而总攻前，冈崎大队突然袭击凤垴顶，我军因疏于防范致使一个阵地失守，随后四次冲锋均被击退。日军以两处制高点互为犄角，固守待援。30日凌晨四时，我军按原计划向敌发起进攻，然而战斗一开始就不顺利。因为日军用机枪和掷弹筒封锁了仅有的一条通往高地不足一米宽的路，担任主攻的一个营仅剩八十多人。此时敌机又来猛烈轰炸严重缺乏对空作战准备的我军阵地，一颗颗炸弹在密集的人群中爆炸，一批又一批战士倒在血泊里。陈赓预料到情况不妙，请求彭德怀停止围攻、撤出战斗。然而彭德怀决心不改："拼光了也要拿下关家垴。"

关家垴愤怒地呐喊着、嘶吼着、呜咽着，盼望着尽快冲出枪林弹雨。

下午四时，第二次总攻开始。在连续十八次冲锋后攻占了日军第一道防线，然而代价惊人，有一个营仅存十八人，团长谢家庆牺牲。特务团第11连一百六十四人仅剩十五人；新10旅旅长范子侠负伤。此时刘伯承、邓小平再一次要求停止攻击，彭德怀火冒三丈地说："拿不下关家垴，就撤掉129师的番号，杀头不论大小。"

10月31日拂晓，我军第三次总攻开始。这一次终于利用挖掘的暗道冲上山顶，把日军挤压到一个狭小地段。然而关键时刻却遭到风垴顶日军猛烈的侧射火力。

直到下午四时，战斗还在僵持。

裹在尸体中无法得到救治的伤员，左转是血，右转还是血。只能看着被硝烟笼罩的天空，眼睁睁等待热血流尽。这些翻山越岭扛着枪一路战斗到此的小战士的心在太行山深秋的冷风里一点点停止跳动。

此时，有消息传来，武乡、辽县约二千五百余日军已经出动，他们的目的，就是围歼129师主力。彭德怀这位倔强的元帅长叹一声，下达了命令：撤离。

先后参加过土地革命战争、抗日战争、解放战争和抗美援朝战争，身经百战，战功卓著的李德生将军，当时是129师385旅769团的副团长。10月30日凌晨四时，他带领一个营的战士在陡峭的土坎上凿出一条小路，爬上高地，消灭了二十多个敌人。然而也遭到日军来自天上地下的猛烈火攻。他们当时处在光秃秃的土坡上无处藏身，伤亡极其惨重。六十年之后的2005年，九十岁高龄的他提起当初，都泪流满面，恸哭不止，长久无法平复那激动的心情，只能用“太悲壮”几个字沉痛讲述那个场景。

硝烟，慢慢散尽，向着死寂的四野。三天的电闪雷鸣，顷刻归于

关家垴战役后，刘伯承（左五穿浅色大衣者）视察战场。（王照骞 提供）

彭德怀在距关家垴战役主战场仅五百米的韩登坪一处坟地现场观察战斗情况。

平静。然而关家垴不再是三天前的关家垴。关家垴这片高地,成了烈士的墓场,英雄的高地。魏太合看到的,就是这样的场景。

彭德怀在多年以后的自述中坦陈,关于这场战争,“我也有些蛮干地指挥……因部队太疲惫,使战斗力减弱了,使129师伤亡多了一些。这些后果的责任,是应当由我来负的。”他亲手写下“烈士之血,生命之花”八个大字,长久镶嵌在纪念碑上,以表内心深深的敬意。

李德生在接受武乡县八路军太行纪念馆第一代讲解员崔韶光

采访时也大赞，彭老总不愧是老一辈无产阶级革命家，对关家垴之战多次做过检讨，后悔当时的指挥不当。

战争的前一年秋天，刘伯承、邓小平就曾到村子侦察过地形，并在村里住了三天。当时两位首长鼓舞人心的话语深刻地印在每一位村民心中。因此尽管这是一场前所未有的惨烈之战，这个小小的村庄却没有躲起来哭泣。以民兵关兴河为首的村民，从头至尾英勇参战。关兴河一年前就在一次反扫荡中亲手炸死十多个敌人，名字也上了太行小报，被冠以“猛张飞关兴河”，以及“杀敌英雄”的光荣称号。以至于气急败坏的日本鬼子，把他的容貌画成画像以千元日币悬赏捉拿。抓不到关兴河，日本人便在关家垴战役中把他的父亲活活刺死。我走进关家垴村那天，恰好遇到关兴河的侄儿关红田。他说关兴河当时只匆匆把父亲埋在一处水渠边，战争结束后才回来重新埋葬了父亲。关兴河后来到榆次经纬厂当了书记，并从这个岗位离休。

当年“猛张飞关兴河”的侄儿关红田。（李晓斌 摄影）

这一年，村里还有一个十三岁的少年热血沸腾，一次次要求参加民兵而不成，无奈之下偷偷蹲在民兵演练队伍旁边，一个人跪下、起来、瞄准、射击，用一支从窑洞里挖出来的破枪不停苦练一个军人应该具备的本领。这场战斗结束后，他主动跟着村里人，从沟里背回三个伤员。

关家垴战役之后的第三年，这个年仅十五岁的少年终于如愿参加了民兵组织，成了这个村庄不得不提的一个人物——神枪武状元关二如。由于基本功扎实，成绩显著，十八岁便加入中国共产党，十九岁被评为武乡（东）县民兵杀敌英雄，二十岁在太行区首届群英大会射击比赛中夺得头名状元，被评为太行腹地一等民兵杀敌英雄。李达司令员连连称赞："十年后，关二如同志不知要指挥多少队伍呢！"

1943 年 7 月 18 日深夜开始的决战蟠龙战斗中，关二如发挥了不可小觑的作用。当时有五百多个鬼子从洪水河滩下来。听到消息

关家垴战役中的八路军机枪阵地。（来自网络资料）

的关二如与中队长带领十多个民兵跑到山下的中村。通过侦察关二如看到，走在队伍最前头的是个骑洋马的指挥官。等对方走到距他二百米左右远时，只听砰的一声之后，洋马倒地而死，指挥官一头栽到地上爬起来就跑。769团六连三排排长边喊“向二如学习”边带着队伍向前冲。随后他又带着队伍到蟠龙附近，将在河里洗澡的鬼子打得衣服顾不上穿便逃走。八月份，他再一次在村边圪梁上打死两个日军。之后一次又一次，他带着民兵抢粮、护粮，营救被捕的村民，让敌人恨之入骨。敌人在又一次包围了关家垴村之后，将他的哥哥杀害。伤心欲绝的父亲县全劝他：“孩子，家里就剩你一个了，长些心眼儿，不要干得太厉害。”关二如却说：“俺哥死了，更应该给他报仇！”

神枪手关二如。(王照骞 提供)

抗日战争胜利后，他带领全区一百多名青年民兵参加了上党战役，先后任班长、排长、连指导员。然而在1948年12月8日参加淮海战役马围子口战斗时，他未能再一次突围，壮烈牺牲，年仅二十一岁。

他的神枪手锦旗在国家军事博物馆。神枪与烈士证，被送回关家垴村。然而英雄的尸体，却永远留在异乡的土地。

就如关家垴纪念碑前，那一行行陌生的名字，刘成福、王金安、

罗瑞卿(右二),陈赓(右三)在关家垴战役指挥现场。(王照骞 提供)

崔士俭、邱元英、袁青山、张金喜……这些烈士分别来自四川、河南、山东、陕西、河北、甘肃,以及山西武乡、大同、昔阳、长治、壶关、沁源、晋城、平定、陵川、屯留、襄垣、长子、祁县、榆次、和顺、高平、潞城、阳城、阳曲等地。正如魏太合说的,这些被留下来的名字,是不幸中的幸运者。还有无数烈士,走得无声无息。比如1940年10月30日深夜,被日军飞机炸得血肉横飞的那一大批战士。去哪里寻得他们的身份与名字?

走进关家垴村七十二岁的原乡干部关二川家,炕上竟然摊放着百团大战的书籍与杂志,以及一些手记,看得出他是在我们进门时刚刚从这里起身的。他说,当年关家垴战斗结束后,其实是挖着壕沟,把烈士分上中下三层。“像埋萝卜一样,放一层埋一层土。”他这样形象地比喻。每个人身边都插着牌子,清晰地记着名字籍贯。

“可是后来狼拖狗拉的,就分不清谁是谁了,只好重新挖了一个大坑，全部埋一块儿。”村里人这样说。

关二川说，抗战结束后来过很多烈属。但是一拨拨来，一拨拨失望而去。他说只有两个烈士的遗体被带回，一位似乎是领导，当时被单独埋葬。还有一位，是在掩埋过程中被赶来的哥哥拦下。那是一位安徽籍战士，战争中与弟弟并肩战斗。他跪在地上，哀求大家将他弟弟的遗体从最下层移至上层最靠边的地方。他哭着说如果自己能活着等到战争结束，一定回来将弟弟带回家。之后，他在弟弟头上、腰间、脚下分别放下三排子弹作为记号，再用一碗清汤洒

关家垴纪念碑前的烈士名单。

地，挥别亲人。

遗憾的是，我在纪念碑名单里一个一个寻下去，也没有发现一位安徽籍烈士的名字。心内涌起一阵伤悲，还有多少烈士的名字，悄然深埋土里？

战争远去，亲情永存。千里迢迢来到这里的烈士后人，就是想寻得详细，再详细一些。十几年前的一个清明节，河北沙河市一家人来到关家垴村，一位九十多岁的老人在墓前失声痛哭。多少年找寻，她终于知道她的儿子靳振武在这里牺牲。来之前，她想着一定把儿子的遗骨带回家，到现场后才发现儿子与其他烈士安葬在一起。老人不再坚持，沉痛地留下一句话：“还是让他们在一起……”

妈妈！
那一定是你
我听到了
那手工的绣花布鞋
踏在地上的声音
从襁褓时开始就听着
一直听到穿上了绿色的军装
当我在军营的梦乡中醒来
仿佛有你轻轻的脚步来到我床前
准备给我盖上裸露的手臂
…………

妈妈
我多想对你说

我倒下的时候

我的枪刺

指向敌人阵地的那边

妈妈

我多想向你证明

我，作为一名军人

没有给你丢脸

…………

妈妈

我不求再有什么额外的照料

一声“烈士”已经足够

我只求下个清明

我的妈妈

能够再来抚摸我的墓碑

…………

这是一位网友为老山前线牺牲的英雄赵占英写下的，他的妈妈因没有路费，时隔二十年才去到儿子墓前。河北这位老人，更是等了六十多年。

感谢时光，让老人可以活到九十岁！

长长的名单中，一行行寻找着。终于，“靳振武”三个字出现在眼前。他1924年3月出生在河北沙河大油村乡大油村，1940年5月参加八路军，是129师385旅769团三营十连七班的一名战士。牺牲时，年仅十七岁。

关家垴村七十二岁的原乡干部关二川讲述关家垴往事。(李晓斌 摄影)

五个月当兵的历史,穿一双草鞋从河北走到山西。十七岁,靳振武还是一个孩子,可他以一个英雄的形象,高高矗立在武乡这片土地。

关家垴村民说,许多寻访者前来,都想带亲人回家。可因为埋葬时位置已经全部打乱,烈士们的身份根本无法识别。还有一位也是来自河北的寻访者,前来寻找舅舅。临行前他问过母亲,如果不能准确找到舅舅,怎么办?母亲告诉他,实在无奈,就在坟前烧纸,最后纸灰落地之处,便是舅舅尸骨埋葬之地。那一天,他就以这样的方式,拨开灰烬,将呈现在眼前的尸骨一根根捡起,含泪抱离。

还有多少战士,眼巴巴等待妈妈出现?还有多少母亲,一生寻儿杳无消息?想起关家垴村民说,日本阵亡战士,全部被砍走一只右臂。后经过了解才知道这是日本的风俗,据说战死官兵的灵魂,可以通过一只手臂返回故里。

是呀，他们的故里，同样有等待的妈妈。

当年的日兵荻岛静夫在1937年10月9日的侵华战争日记中曾这样写道：

整个联队只剩下两三百人了，死者的遗骸散于泥泞的田野中。

看到身边所发生的一切，心中油然而生的只有等死的悲伤。

虽然自己在九日的上午还健康地活着，可是什么时候是我的死期呢？

母亲啊，阿正、阿新啊，再见！

10月20日，他又记下：

昨晚，梦见故乡，还梦见唱了一场戏，真是太高兴了。

躲过一次又一次炮弹袭击，在战场上侥幸熬到1939年。他又在4月2日的日记中感慨：

今年不能赏花了。离开祖国这一年半枪林弹雨的生活，化零为整地算来三年时光就这么过去了。在我的一生中，二十九个春天已经飞逝而去。虽然不到半生，作为单身也比较悠闲。但是为前面的人生道路着想，也该成个家了。当我静下来的时候，特别想早一刻回到故乡去。可是这到底要等到什么时候呢？作为编入预备役人员的东京人来说，我对部队的生活已经感到厌倦了,只是我不会把这一想法经常挂在嘴上。

荻岛静夫,在中国这个战场上提心吊胆付出了三年“青春晚期”。很幸运,他在战争结束前平安返回故乡,回到母亲的怀抱,如愿看到他的弟弟阿正、阿新。然而有多少像他一样的士兵与军官,被匆匆火化、埋葬在中国这片遥远的土地上。

脚下这片土地,一寸一寸,尸骨遍地。你不知道,哪一脚便踩着一个战士的身体。想着想着,风便来了,呜呜咽咽。

英雄需要铭记。民国三十六年(1947年)五月一日,在关家垴竖立的“殉国烈士碑记”,由晋冀鲁豫军区第三纵队修械所所长杨富荣以及指导员、工会主任及委员负责筹建。杨富荣原是太行三分区炸弹所的修械人员,该所于1939年秋在武乡县石板村筹建,之后因战争原因几经迁徙。1945年日本投降后,抽出三十名修械人员组成随军修械所,杨富荣任所长,关金云任指导员,当时就暂住在关家垴村。日本人走后,由他们在这处高地上,率先竖起一座纪念碑。

1950年8月25日,关家垴村全体干部群众再竖烈士纪念碑。

今天看到的纪念碑,是进入二十一世纪之后再次新建的。

离开时问过玉米地里的村人,可有人会到这里?他们说国庆刚刚祭奠过。每年清明,农历七月十五,村里喇叭一叫,群众就上去祭奠了。

“就是给英雄们送口汤喝。”一位村民说。是的,碑前杂草中散落着两个花圈。还有一个由四块砖头,一块石板支起的“祭奠台”,上面倒着两个空啤酒瓶,一个罐头瓶。

有泪洒下。证明有人来过,证明有人记得烈士英魂。

空旷的四周,突然间似乎有一丝声音。细听,却是寂寥。突然想起一位村民说，当年战争结束后，夜里却常常有激烈的冲锋声响起，像那次战争一样战士们喊声杀声响彻这片高地，村民根本无法入睡。他们把这一现象向上面做了汇报，后来有部队领导专程前来，安抚了这些英雄，之后便安静下来。

出师未捷身先死，英雄何以瞑目？这些战士，一定没有了却当初战斗到结束的心愿，一定是还想继续战斗，想亲眼看到胜利那一天。直到领导来了，告诉他们战争已经胜利，告诉他们国土得到安宁，他们才安心放下枪，闭上眼。

周围草木茂盛，庄稼饱满，皆因战士们长眠于此。

太阳即将下山。又一个夜，就要来临。除了虫鸣，除了偶尔的风吹草动，还有什么陪伴英魂？

好在，年轻的战士以庞大的队伍，依然紧紧相偎相依。他们手拉手，肩并肩，像活着一样，整齐列队。他们以沉睡的方式行进了七十多年，还将继续以年轻的面庞，热血的姿势，整齐划一的步伐，行进下去。

“妈妈属兔儿，爸爸属狗儿”

惨烈，不只发生在关家垴那样的战场。更多的牺牲，并没有硝烟。

沉静的死，更虐人心。

处于武乡县西北四十五公里处的南关村几乎位于武乡县最西端。一辆辆货车从村子边上的208国道通过，打破了村庄从前的宁静。如果不是事先了解到那么多故事，这个村庄就与其他任何一个地方的村庄一样，没人会联想到沉重。

抗战时期，南关是位于武乡、祁县、平遥三县交界处的一个大镇，是日军设在晋冀豫地区最大的兵站。1938年春，八路军进驻南关村，开设了地下工作联络站。次年春天，日军占领了南关一带。当时的南关镇上驻有日伪军四百多人，还存放着大量的弹药和其他军用物资。南关村的不平静，在抗战初期就拉开了帷幕。

1943年5月11日拂晓，南关火车站与南关村被从沁县调来的五十多名日本兵与伪军包围。这一事件的缘起，在于4月下旬八路军129师主力一部配合当地内线工作人员及南关村民兵，里应外合袭击了南关火车站。自1939年10月13日白晋铁路白圭至南关段竣工后，南关就成为日军侵略晋东南地区重要的军事物资转运基地。但第四天，129 师 386 旅就攻入南关烧毁了日军车站及敌军装万余套，毁掉电台两部，炸毁铁桥一座。11 月 5 日，386 旅 772 团郭国言部再次奇袭南关成功，炸毁汽车十余辆，歼敌一百余人，缴获电线千余斤，摧毁铁桥一座，缴获大批棉衣及子弹。

1943 年春节刚过，南关村地下党组织再一次把枪口对准南关火车站，打死打伤车站值班的日伪军，缴获了车门仓库的日军物资，捣毁了车站部分设施，一次又一次沉痛地打击了敌人的嚣张气焰，也让敌人更加怀恨在心。在几个月之后集中力量把枪口对准这里。

这次包围的范围包括南关火车站、南关村及周边一些村庄。在村民还未反应过来之际，便很快捉拿了青壮年村民三百六十多人，全部被带到南沟伪政府审问。之后在汉奸的指认下，对在南关火车站工作的孙汉英、崔秉礼、孟立忠、孟贵元、崔旭生、唐详忠、李祥儿、李六儿、李尚齐、李尚连、郭留祥、姬景华、贾旭奴、郭振详、郭珍祥、王留海、郭志川、郭二则、郭守师进行了重点审讯，并把他们分别关押在日军南沟及分水岭的“洪部”。这些人当中，除王留海是外村人外，其余全部是南关村人。

之前的几次袭击，让南关火车站站长左腾岛一已经起了疑心，猜测到内部一定有中共地下党组织存在。于是对这十九人严刑拷打，采取坐老虎凳、压木杠、烙铁烫、灌辣椒水等各种酷刑，企图从他们嘴里探听到谁是地下党组织领导人。然而这些英雄誓死不吐一字。在分水岭“洪部”的孟贵元、崔旭生、唐详忠、李尚齐、李尚连、郭振详、郭珍祥、郭志川、姬景华、贾旭奴、王留海共十一人，在六月初十被押往分水岭村南的一个草场行刑。关在南沟日军“洪部”的崔秉礼、孟立忠、李祥儿、李六儿、郭留祥、郭二则，则在农历六月十二被杀。

行刑的两天，听到消息的当地百姓全部出动。仅仅时隔两个月，这些人已经完全失去当初的模样，有的甚至连家属也倍感陌生。他们春天走时穿在身上的棉衣棉裤已经破烂不堪，全部被血浸染。十七位壮士，在夏日的阳光下步履艰难地行走在通往生命尽头的路上。

两个月的酷刑，哪如一把砍刀来得痛快。英雄们齐齐挺直了腰身。他们知道不得不死，他们却骄傲再没有人因他们招供而死。他们笑着，互相用眼神对望着，无声抚慰着一颗颗凛然的心。

一声令下，十七把东洋刀，齐刷刷砍向英雄。瞬间，山河呜咽，草木同悲。上党大地哭声震天。不远处的南关火车站，一定也为失去这些亲密战友而万般伤悲。村里人说，之后去收尸时，许多人因面部变形严重而极难辨认。

十七位英雄先行离去了，二十六岁的孙汉英却依旧被独自关押在沁县的一个木笼内，像动物一般供人观看。刚抓去不久，他的胳膊、腿便全被打折无法站立。日本人或许掌握了他在这些人中的重要性，便把他作为活标本，震慑同类。因为饥饿，孙汉英将身上的棉花一片片撕下来，一口口吃光。整整六个月时间，他以这样毫无尊严的方式坚守着内心。农历十月，终于耗尽了早已奄奄一息的生命。

十八名英雄中，孟立忠与孟贵元是亲叔侄，李祥儿、李六儿及李尚齐、李尚连是两对亲弟兄。年龄最大的姬景华三十七岁，最小的崔旭生只有二十一岁。锦绣年华之际，他们用鲜血铸就了凛然，牵手献出了短暂的生命。

如此，日本人还不罢休。他们继续监视、跟踪英雄的家人。不久

当年被日军抓走的孟贵元的妹妹孟贵莲(左)后来成为国务院参事。中为李逸三,右为高明爱(抗战时期为太岳区敌工站南关工作组情报员)。

后又把孟贵元的妹妹孟贵莲抓到维持会,后经多方搭救终得逃脱,多年后成为国务院参事。

当时,日军重点审讯残害的十九人,牺牲十八人,唯一幸存的是郭守师。如今,郭守师的爱人郭玉仙还在世,已经九十四岁。她说,爱人郭守师之前在村里教书,那天早晨从家里听到动静,就说出来看看,没想到这一看就被"顺"了进去。被关押期间,他的下身溃烂。在村公所的舅舅便找到看守人员,希望与负责人说个情放他出去。几天后郭守师终于走出关押处,在村公所养好身体之后,又答应在这里工作的熟人留下帮忙。可就在他被放出的第二天,与他一起关押的人全部被杀。因此中华人民共和国成立后,有人怀疑是他告的密,所以陆续遭受了一些质疑,甚至批斗。以至于郭玉仙老人如今说起来都无法释怀，她一遍遍说："俺老汉是个好人，俺老汉太可怜，根本就不是他告的密。"她说她的老汉已经去世二十三年了，一生没过上舒坦日子。

"你们说说，活着的人反而成了坏人？"讲述中她不停地问这个问题。

当过南关村干部的七十四岁老人郭绪生证实，据老人们说，确实不应该是郭守师告的密，但因此受了些罪也是实情。他说有些事谁能说得清？当时最惨烈去世的烈士之一孙汉英还被百姓怀疑是叛徒。后来李逸三专门来过南关，为孙汉英洗冤，说如果孙汉英是汉奸，死的就应该是一些更重要的人。原来早在1939年，太岳军区敌工站站长李逸三来到南关时，就成立了以孙汉英为首的地下工作队，队员包括崔秉礼、孟立忠、孟立信、孟景文、崔厚文、郭振祥等人。孙汉英生前是敌工站情报组组长，崔秉礼与孟立忠是副组长，

九十四岁的郭玉仙给作者讲述爱人郭守师当年幸存下来的经过。

七十四岁的孟还元是今天唯一住在村里的烈士后代，他是孟立忠的四儿子。

其余全部是情报员。

当年倒下时，十八位烈士大都还未成家，因此如今没有几个后代。郭绪生带我们找到唯一住在村里的烈士后代——七十四岁的孟还元。他是孟立忠的四儿子。那天上午我们进门时已是十点半，孟还元夫妻俩才吃早饭。他坐在桌子边，爱人坐在地上灶台边。因没有牙齿，两人各自用手揪下一口馒头费劲地在嘴里嚼来嚼去。孟还元说父亲去世时他才八个月，两三岁时母亲又因病去世。他一直跟着姥姥长大。

因独特的家世，大哥孟参元于1952年报名参军，披戴红花在全村村民敲锣打鼓的欢送下走上抗美援朝战场，参加了上甘岭战役。然而在一次行军中被敌人追赶连续撤退八十余里，因几乎不停歇的跑步急行造成吐血不止，导致无法继续作战，复员回到太原市

孟还元一直保存的母亲唯一一张照片。

消防队工作。之后身体每况愈下，回到村中养病。1976年终于在病痛中去世，年仅三十三岁。

“他那时候冬天饿了就吃雪，胃口早就吃坏了，吃啥吐啥。”孟还元说。

对于父母，孟还元毫无记忆。不过他告诉我：“妈妈属兔儿的，爸爸属狗儿的。”口齿始终不清的老人像孩子一样清晰地说出“妈妈，爸爸”两个称谓时，我听得内心一阵热，一阵酸。老人对爸爸妈妈的呼喊，还停留在极其年幼的年代。也因此再次说到没见过爸爸，不记得妈妈时，老人还是忍不住哭出声来。按捺住复杂的心情我问他：有没有父母的照片？他说，俺妈有。果然，他家墙上，有一张旧照，是他的母亲。

看到照片上的人，在场的人忍不住同时说：好漂亮的女子。

一张旧照，承载着老人对父母的全部概念，一挂就是七十多年。

父亲是烈士，有待遇吗？他说：“有，每月一百三十元，我三哥也是。”

家里兄弟四人，大哥二哥均已牺牲。他生活在村里，三哥在太原儿女家生活。

出得院中，回头说给送别我们的这对夫妻拍张合影吧。孟还元

孟还元夫妻俩在他们生活的房子前。

南关村现存的古迹。

很配合地站定，阿姨却有些羞涩，被人推着往丈夫身边靠，却始终不肯挨在一起。

离开他的家，很想去看看当初烈士们工作过的南关火车站，可郭绪生说早已没了痕迹。

南关村边的 208 国道上，竖立着一座纪念碑，记录着英雄的名录，诉述着惨案的经过。路过的人偶尔会停下来，读一读铭刻的久远事迹。

村子高处的烈士纪念碑。

攒一世深情凝望你

孟还元夫妇羞涩拘谨地站在院中的瞬间，让我想起老兵李照贵夫妇。

他们在武乡西部的故城镇石仁底村。

我对故城的记忆,开始于少年时期的长途车上。那时候,从老家到省城太原,过了县城就是故城。去的时候走到这里,知道快出武乡了;回来的时候路经这里,知道离家不远了。

落脚故城这片土地,却已过去几十年。所以走进它时,记忆变得无比遥远。

那个下午,我独自驾车到故城镇,一路走,一路在脑子里极力把从前寻回。记忆总是拗不过努力,慢慢地,尤其是看到一些村庄的名字,不过也只有看到一些村庄的名字,冻结的记忆才一点点复苏,先是慢慢地,后来便争先恐后地探出头来,爬满我期待的心田。

我到达故城镇,在两位年轻的民政人员陪同下,来到抗战老兵李照贵的家。

不管东部还是西部，武乡所有的村子几乎一个模式。门帘掀开,一位老人坐在炕头,黑呢料上衣,黑色帽子。我们问候,他不语,只拖着一双不太灵活的腿努力地要下地。后来才知,他几乎听不到人们说话。老人被我们拦回炕上。说话间，看到还有人站在地上，他又欲起身，招呼所有人全部坐下。

老人面部几乎没有表情，却能体会到他骨子里散出的真诚与热情。

李照贵老人的家，是太行山区农民特有的简陋，炕上铺一张硬塑料布，两床被褥自然卷向墙里，上面扔着两件衣服。床的一角，空食品袋、书本、纸箱随意放着，是日子一天天沉淀后的凌乱。墙皮是多年不刷被积尘浸透的旧，并不脏。墙上一本挂历，从上面写给向退伍军人的“慰问信”看出，这是有关部门这一年送来的。

外孙女抱着孩子站在地上，偶然一阵咿咿呀呀。太阳透过窗玻璃射进来，一半铺在炕上，一半映在墙上。祖孙四代其乐融融，温馨

李照贵老人早几年的照片。

的气息弥漫在陈年窑洞里。

老兵李照贵几乎失去了全部听力。

民政局的人说李照贵原名李照锁，其实是没有“金”字旁的简化锁，当初被人们看成“贵”，于是身份证上便成了今天的名字。抗战胜利七十周年这年，他八十八岁。李照贵1944年8月入伍，成为武乡独立营的一名战士，参加过段村、安阳、汤阴、淮海战役等战斗。

用了最大的声音，他还是只能听清一两句。可记得曾经的战事？他说不记得了。外孙女叹：一年不如一年了。去年时，他还偶尔提起当年打仗呢。

七十多年以后，听力记忆力大不如从前的老人，为什么还要偶尔提起打仗？战争在他心中，到底是怎样的一番记忆？当年战场上动如脱兔的他，从一场又一场硝烟里穿过的他，到底对从前有着怎样的回望？可是，他不能说了，他听不到了，他不记得了。

是的，日子又过去三百六十五天。他残存的记忆，越来越无力抵抗岁月的冲击。

不提也罢。今天的明媚，足以抵挡一切。

说话间，一位阿姨走进来。看到我在李照贵耳边大声说话，边上炕边笑着说“哪儿能听到？我与他说还不行呢”。

阿姨竟是李照贵的老伴？老兵李照贵竟有老伴？这个意识在脑子里闪出后，我有些责怪自己想法的不敬，然而确是我看到她后最

阿姨幸福的笑意，总是毫不掩饰。

真实的一闪念。一路探访了十几位老兵，无一例外都是独身。每一位老兵在对抗过长长的苦难之后，今天都要坐在阳光里对抗孤独。这些老兵大多生活在儿女家里，还有部分在县里的光荣院，还有的长年居住在省城的老年公寓。老兵们虽然进入到不愁吃不缺穿的岁月，却也没有了倾诉与畅谈的欢乐。大部分人，更是连倾听的权利也失去了。

我接触过的老兵，不管生活条件好坏，唯一的困扰便是孤独。记得从曾经的八路军野战医院看护长王桃儿家离开时，九十岁的老人家拉着我的手久久不松开，并且努力地一个接一个寻找话题，甚至家中有几口人，孩子几岁，父母在哪里，身体好不好，都要一一问过，都要一一夸过。看着快速落山的夕阳，我几次试图不动声色，把我的手从她的手中抽出，可她总是用胜过我一筹的力量给我强烈的暗示：不要走！不要走！我可以清晰地听到她内心滚落出孤独的声音，就是想让我留下来，聊一聊，再聊一聊。还记得，当我在县城大街一家超市门口把老兵郝生荣叫离时，他身边的同伴认真叮嘱："快些回来啊。"其实之前，我已经站在旁边观察过他们好大一阵。他们两个，并未有过多的交流，只是盯着面前来来往往的人流车流出神。但是同伴希望他快些回来，他也在接受完我的采访之后不停脚地又回到同伴的身边。看到他们又并排坐在一起继续无话时我突然明白：他与同伴，只希望彼此感受到对方的存在。

有伴在身边，就好。

今天，老兵们丢了许多记忆，但他们每一个人总会努力地一点点挖掘。我们来来回回，在那些陈旧且不断颠倒的话题里反复纵横。我知道，他们并不是多么想回忆过去，只是想多个人说说话而已。更重要的，他们都想在七十年之后，再回想回想那些从身边离开的亲密战友。

李照贵老人无法沟通，我只好问他可以找到一些从前的照片吗？阿姨急忙起身找钥匙，开炕上的箱子。李照贵看到了，问：找什么？阿姨并不答。只是边找边说，什么也找不到了。

什么也找不到的阿姨笑嘻嘻的，最后拿出一些勋章，还有纪念币，但大多是今年新得到的。老照片，她说哪里会有。从前，怎么会拍照？

是呀，从前怎么会拍照？从前的照片，都成了历史，影像只存在脑子里。

由于听不到我们说话，李照贵老人始终沉默着，脸上是不动声

李照贵能做的就是把一枚纪念章戴在脖子上。而我的目光,更多地关注在阿姨看他的眼神里。

色的宁静。突然,他把那枚纪念章拿起来,细细看了好久,又戴在脖子上。老人一直无言,只低了头默默注视着他的纪念章。我想象不出,在失去声音的世界里,老人会想些什么。但我知道,此刻,他的思绪一定回到从前,在我想问的问题里。他无法与人沟通,却一定会在自己的世界里与自己对话。一定会将那些过去了的岁月,那些身边的人,那些经历的事;一天一天,一件一件,一个一个,翻出来,再放回去。

反反复复,打发着无聊,编织着属于他的忧伤与乐趣。

然而在看到阿姨的一瞬,我觉得李照贵老人是幸运的。儿女们下地劳作的时间里,老伴在他身边;漫长的静夜里,老伴在他身边。即便,他听不到对方的一声呼吸。

可是,有爱在身边,是多好的事。

八十岁的阿姨坐在炕上,坐在老伴身边。我突然想起,说给你们俩拍张照片吧。阿姨抓抓头发,说怎拍?我说你们俩挨着就行,随意拍一张。阿姨与老伴之间,至少有一条腿的距离。我说阿姨您坐近点,太远了。没想到阿姨却很不好意思地笑起来,挠着头发,不肯挪一寸。于是我拉她,说这样太远,拍出来不好看。没想到阿姨死活不肯,一边依旧挠头一边哎呀,说要那么近干吗?

阿姨的脸上,竟泛出红晕,然而还是不肯向老伴身边挪动,一张笑脸却忍不住不时望一眼那个始终沉默的老伴。我不知道阿姨流露的含义,然而李照贵老人却似乎明白了意思,看老伴一眼,微微一笑,向老伴身边慢慢挪过去。

此刻的阳光正好移了位置,照在阿姨脸上,红彤彤的。她扭头凝视着近在身边的老伴,只笑不言语。我惊讶那笑容里透出的羞涩与甜蜜,以及眼神里那藏也藏不住的深深情意。

马牧旧痕

日子里如果永远有阳光，暖烘烘照在身上，该有多好。就如马牧村郝有江老人说到当年：只要不打仗，哪怕每天只喝一碗凉水，安静地晒个太阳，就满足了。

去马牧村那天，七十七岁的郝有江正在一户村民家帮助修房子。一听到向他打听日本人入侵之事，便放下手头的活儿拿起铁锨带我们回到他的家。

老人住在一处新院子里，斜对面就是他的旧居，两棵粗壮的杨树继续挺拔在房屋几乎坍塌的院子里，在凋零中一如既往傲然着它们的雄姿。一路走来，村里零星散落着一些旧房子。

他说：都是过去的。

过去，村里有五百多人，抗战期间减少了二百六十九人，超过当时全村人口的百分之四十七。

据民国版《武乡县志》卷四《古迹考》载："石勒牧马处，在县（故县）西二十五里马牧村之南滩，相传为石世龙牧马处，村以之得名，有碑碣可考。"通过此记载可以看出，马牧村因石勒在此牧马而得名。

抗日战争开始之后，这里便建立了党的组织。早在 1938 年 4

月，朱德总司令率八路军总部便驻扎到这里。杨尚昆、罗瑞卿、康克清等老一辈无产阶级革命家都曾在马牧村住过。郝有江说，那时候朱德主要住在寨上，马牧村是康克清住得多。正因为如此，马牧村的抗日干部非常多，并拒绝“维持”。日本人恼羞成怒，于1940年初最先烧了村干部郝二林、村支部书记郝春生和抗日村长周敬全等人家的房子。当时，村长周敬全的娘向敌人哀告，希望给家里留一点儿东西，但遭到对方毒打，并险些把她扔到火里。周敬全的弟媳因痢疾躺在床上，日本人便要把她进行火葬。她惊吓之际跑到院里，又被往回拉。危急之际，已经受伤的婆婆不顾安危，冲上去拉着媳妇又一番哀求，才得以逃过酷刑，被从院里扔到大门外，婆媳俩一瘸一拐含泪搀扶着离开。村里的火势越来越大。逃难在外的村民却只能远远望着，不敢回村抢救。这一烧，全村二十六间楼房、二百五十间平房便化为灰烬。

火烧百姓的房子，已经成为日军的习惯性做法。荻岛静夫在1938年4月25日盐城白驹镇这样记录：

> 在刘庄看见几具敌人的尸体，路途中只要觉得有危险的房屋，就把它烧了再前进。燃烧的火焰令人害怕。

1943年，因村里还是坚决不“维持”，日军便疯狂报复，进村开始大肆拆迁，短短一段时间，全村一百二十多户居民的一千二百多间房屋被拆光，仅剩村南关帝庙（村里称老爷庙）。风景秀丽的马牧村从此一片瓦砾，像从没人生活过的“无人区”。这还不算，他们不仅拆房子，还杀人。一次拆房间隙，村里的郝连冬老汉被伪军抓住问：“你说八路好还是皇军好？”他说：“这还不是明摆着？又

马牧村七十七岁的郝有江夫妇。

拆房子又杀人,能说好?”伪军打了他一耳光后,他反问:“我说的是假的?”伪军得不到想要的回答,用劈柴棒把他一顿毒打,两三天后郝连冬死去。如此,日军还不甘心,又大肆抓捕抗日干部和群众。村长周敬全,农会主任郝更大,村主任郝性恬,郝复元、郝文广、郝效儒、郝宝珍……郝有江老人断断续续,数了不少死在敌人屠刀之下的名字。

郝有江出生在日军九路围攻的第二年。有记忆开始,便是逃难的日子,就是吃不饱穿不暖的日子。没有村,没了家,他跟着大人逃到榆社白北乡一个山里,住在用石头垒起的“房子”里。就是这样一个极其隐蔽的地方,日本人也闻风找了去。他说有一天,他的二舅担着一担鸡蛋路过,因劳累在此歇息,没想到正遇到日本人。他闻讯躲到山上,但却从石头缝里看到一担鸡蛋被担走,痛恨不已心疼不已。有一顿,没一顿,他们一家在这个山里一住就是八年。听说战争胜利了,他们也没能回来,因为家里没有房子。直到土改才回到村子,分到一个院子。

老人透过窗玻璃指指旧居:就是那儿。

房子虽简陋,屋里虽一无所有,总算有了遮风挡雨的家,总算可以脱掉衣服安心睡到天明。

“有一个家,是最大的事。”至今从老人的语气里都可听出当年得到一个家之后的渴望与欢喜。

当年,由于马牧村处于县城到白晋线南沟火车站的交通要冲,并且还是八路军石壁根据地的出入口。因此日本人早早便在村对面的山梁高处修筑起一个圆桶形碉堡。碉堡下有地洞,四周围着密密麻麻的铁丝网。站在碉堡处,对石壁根据地出入要道一览无余。八路军两次攻击,都没有成功。

直到 1943 年农历八月十七的夜里,决九团七连在当地民兵配合下,终于一举攻克了马牧寨敌据点,并生俘了伪军队长董丰年。村中老人激动地感谢着勇猛的战士们:“日本侵略者把俺马牧搞成个无人区,今天你们给来了个连锅端,俺这里几百亩秋禾总算从虎口里夺出来了。”

是呀,要收秋了,风里来雪里跑的村民们,终于可以把地里的庄稼收割回家了。

郝有江说,之后对汉奸董丰年执行了枪决,就在附近的青阳岭(音),村民们拍手称快。

出门,郝有江带我们去到马路边一个院子。他说这是新修过的,成了个人的房屋,以前八路军总部直属政治处主任康克清就

康克清在马牧村住过的院子。

住在院子的东房。

要走时他说:看看老爷庙吧。老人说的就是当年大拆迁时唯一留下的那座关帝庙。站在庙前,他说当时日本人也尝试拆过这座庙,神奇的是当时站在上面拆房的一位日本兵突然就摔下来死了。老人说日本人很迷信,觉得有神灵在怪罪,就立即停止拆毁。老人边说边指了指右上方:狗日的就是从那个地方掉下来的。

关帝庙靠山,面向整个村子。今天,见证了村庄惨案的旧日关帝庙已经换了新颜。站在庙前,可以清晰地看到庙后面日军的炮台旧址。今天,一切都没了痕迹。可山梁还在,庙还在,村子还在,炮台以及经历的一切,也深深嵌在这片土地里。

马牧村维修之前的关帝庙。(郝亮 摄影)

马牧村维修之后的关帝庙。(郝亮 摄影)

那个随着牛羊奔跑的孩子

与郝有江一样在逃难中长大的，还有故县乡马家庄村八十二岁的赵炳旺。他比郝有江大五岁,因此对少年的记忆,更加刻骨铭心。

马家庄旧村,掩在新村上边的山坳里,仍然以当年的模样静止在那里。尽管杂草丛生,一片坍塌荒凉,但一些院落的格局仍透出当年的繁华。

二十世纪八十年代,全村迁至下边临近省道的新村,新村包括离马家庄村一里地的窑科村人。八十二岁的赵炳旺就是原来的窑科村人。他说自己的二奶奶就是被日本人在院子里摔死的,当时就用席子卷了塞进一个破窑里算是埋葬。这时坐在炕上的另一位村民马国庆说,他的爷爷当时穿着一双新的羊毛袜子,鬼子(伪军)要他脱下来,他不舍得,便被打死了。

日军对待中国人的生命,像对待动植物一样随意。日兵荻岛静夫在日记里曾说,当时为了试验一批新发下来的军刀,他们便用抓来的俘虏做试验。喷涌而出的血,裹在寒光闪闪的军刀上,在阳光下发出红色的光。

赵炳旺说当时日本人在马家庄住了三天。即便离开,也是隔三岔五前来扫荡。

记得当初逃难的情形吗？赵炳旺刚刚说了两句，就哽咽了，眼里噙着泪：不要说了！不要说了！

他强忍了半天，用衣兜里的小毛巾擦了擦眼睛，还是开了口。他说那时候每天用一根布袋背着炒好的一些干面，跟着小脚娘漫无目的地颠沛流离。他记得，冬天下坡就坐在地上往下滑。许多时候，跑着跑着就与大人失散了，爹也找不到，娘也看不到。不敢哭，只跟着人群，跟着牛马，在机枪扫射中拼命奔跑。他恐惧的心里只有一个念头：逃命！逃命！记得有一次，娘在半路实在跑不动了，就放开他，推他：快跑！一直跑！

一直跑到哪里？他说不知道，娘也不知道。那时候，他还只是一个六七岁的孩子。想跟着娘，想一直在娘身边，可娘狠劲推他赶他骂他。他只好哭着一边回头一边跑，直到再也看不到娘。

找不到爹娘怎么办？他说，哪儿有办法。

哪天该回家？他说哪里有家！

常常，跟着人们跑到一个陌生的村里，谁也不认识，找一个角落蹲下哭，想爹，想娘，肚子饿，口渴。极想家，又怕回家。

“唉，就不是人过的日子。”老人再一次哽咽了，“谁知道今天出去还能不能回来。”他的童年记忆中，整天就是东一个村，西一个村流浪。有一次与几家人跑到一座山里，连续三天三夜没有开锅，饿了就找些冷水拌几口炒面吃。抗战时期，他几乎是在别的村在无人的大山里度过的。他说有些村是维持村，安全，就求着人家让他们住下。

“那时候能怎么样？有亲戚的投奔亲戚，没亲戚的给人家说说好话求个落脚的地方。”可那毕竟是别人的地方，毕竟谁家都在饿

八十二岁的赵炳旺讲到少年时期的逃难往事几度落泪。

肚子。看着人家摘回一根西葫芦，真是想哪怕生吃一口也好。

老人再一次讲不下去了。长久无言,我却能听到他内心翻江倒海的痛。顿了好长一阵，他问:“你们是不是觉得我们从前吃糠咽菜可怜？”

我说，当然，太可怜了。

“你知不知道,哪里天天有糠吃？”没想到,他要表述的是这一句。

老人想说,却几次欲言又止:不要说了,实在不想说了。

我听得如鲠在喉,心沉气闷。

可以想象，老人内心深处，还藏着太多太多不能触碰的痛与苦。想起进门时,他正与同村人开心地聊天。是我的闯入,让他的心情突然跌回尘封了七十多年的从前。

“对不起,大爷。”

“不怪你,孩子。”

赵炳旺的记忆里,几乎没有家的概念。他从三岁开始逃难,一直到十岁。童年的生活里已经完全被慌乱的奔跑填满。时光虽然流逝过七十多年,却难消他七年的苦难岁月。他清楚地记得,听说段村解放后,人们高兴得笑了哭,哭了笑。尽管回到家已只剩下一个空空的窑洞，还是觉得终于回到家了。他说，哪怕依然饿肚子，总算可以安安稳稳坐下来，不必天天坐在大门口盯着高处的红旗，就怕倒下。

“活到这么大，哪儿有今天幸福？种地还给钱，真是在天堂活着呢。”

说到这里，他终于开心地大笑起来。他说目前还有四个儿子一个女儿，他的六个孙子两个孙女都是大学生，在太原、北京工作。孩子们对他非常好。

我要离开时，他突然说到安倍晋三，说他参拜靖国神社的事，说他还想给他的祖宗报仇。“他能报了？”问完这句话，老人又笑了，是不屑的笑。

我要走了。老人突然问我：你也说武乡话，哪个村的人？

告诉他时，他说：那咱们就是隔一条河。那年九路围攻，你们村上头就有部队。

“打得很凶！”炕上一直在倾听的马国庆也开了口，“河水都成了红色的。”

他在冬日的河谷逆风垂泪

赵炳旺与马国庄说的河水，就是浊漳河北源，发源于榆社县北部的三县垴，从武乡的丰州镇下关、上司乡韩庄，一路流到故县乡的里庄、大有乡长乐、监漳镇之后，进入襄垣县境。

武乡的孩子们，几乎都接受过这条大河的洗礼。我出生的村庄，就是里庄南岸的窑头村。站在村子高处的庙上，就能清楚地看到里庄村，还有里庄滩。二十世纪七八十年代，浊漳河水仍像之前一样滔滔翻滚着，拍打着两岸，也滋养着两岸的人们。夏日如果不架一座独木桥，谁都去不了对岸。那时候，过桥是一件难事，木桥太窄，总是要边走边看脚下，总是要不小心看到桥下汹涌的河水，便要一阵眩晕，有人因此掉进河里也是时有的事。

到里庄村时，正有风贴着浊漳河的水面飘过来，夹杂了初冬河流的寒意。

郭贵云就在河水流经的村边，坐在马路边一堆刚收回的玉米里，认真地一穗穗剥着外皮。一身中国旧式陆军服装，一顶二十世纪七八十年代的军帽，黝黑的脸，浑身散发着军人的气息。

他的面前，就是著名的里庄滩。深秋的河滩，风有些凉。因为他，因为这个地方，不得不提一场战争。他说，没有经历过，听说过。

2015年深秋，老兵郭贵云坐在一堆刚收回的玉米里，认真地一穗穗剥着外皮。一身中国旧式陆军服装，一顶二十世纪七八十年代的军帽，黝黑的脸，浑身散发着军人的气息。

他又说，那是一场大胜利，也是一场大悲痛。

1938年春天，太行山的春风里还夹着飕飕的寒意，刚刚解冻的浊漳河水把积压了一冬的情绪汹涌地迸发出来，欢快地开始了春的奔腾。就在这刚刚开始的春天里，就在所有植物所有土地准备蓄势待发的日子里，日军也在蓄谋一场大行动。他们把进驻太行山后连输几仗的恼怒积蓄起来，决定投入大的力量绝地反击。4月16日，三万日军从根据地周围交通线上的博爱、邯郸、邢台、石家庄、阳泉、榆次、太谷、沁县、长治九路，顺看浊漳河一路压向左权、榆社、武乡、襄垣，目标是摧毁八路军初创的太行抗日革命根据地。

那一年，郭贵云刚刚八岁，他所在的贾豁村就在里庄的北面。沿河而下的烽烟，熊熊烧到他的村子。他跟着爹娘，往深山里逃去。

自懂事起，每天一睁眼便是哭泣、尸体、鲜血、火光与枪炮。他幼小的心灵甚至认为，生活就是如此。

望着对面我的村庄，他说："幸亏当时没有你，那时候炮火真猛。"那一刻，他的眼神里充盈着羡慕。是呀，他扛起枪的年龄，才十五岁。

十五岁，我还是一名在山中奔跑的快乐少年。

“有一个英雄，与你一样，参军时也是十五岁。”望着里庄滩，我跟他说起在此地牺牲的一位英雄——叶成焕。

“不能比，不能比，”郭贵云连续说，“那怎能比？”

叶成焕来自河南的大别山，出生地是新县一个山村，与郭贵云等大多数当年的战士一样，都是苦孩子。但他的家人省吃俭用，把叶成焕送入当地私塾念了一些书，使他成为家里“成”字辈中唯一一位读过书的人。

读过书的叶成焕十五岁参加革命，次年（1930 年）参加鄂豫皖红军。没想到叶成焕是个军事奇才，小小年纪便屡建战功，很快担任师长、师政委等职，成为红四方面军的一位著名战将。1937 年，全国抗战爆发后，叶成焕由师政委改任八路军 129 师 386 旅 772

参加纪念活动的老兵（右为郭贵云）。

长乐战斗遗址。

团团长。同年9月20日，受命率团随旅部向太行山地区挺进。

一路走，一路打。年轻的团长用战绩告诉129师，无论面临怎样的危机，他都能取胜。因此师长刘伯承只要听到前方指挥的是叶成焕，总会放下一颗提着的心。

多次负伤的叶成焕体质极其虚弱。平时他总是沉默地思考，将积蓄的神勇放在冲锋时刻。他领导的772团被誉为“攻如猛虎，守如泰山，百战百胜，七七二团”。初上太行山，在他的指挥下便接连打了长生口、七亘村、黄岩底等几个漂亮仗，英名传遍太行。

日军发起九路围攻时，叶成焕正患着肺病。听到陈赓旅长不让他参加战斗的消息时心急如焚，跑去请求：“二团（772团俗称）还没有打过这样的大仗，还是让我指挥这一战吧！”

这一战，被叶成焕求到手。于16日早七时沿浊漳河北岸由西往东寻找最佳作战点。找准时机后，部署一营二营分别占领了里庄与型村两个村庄制高点。

上午九时，日军108团25旅117连队三千余人耀武扬威地出现在浊漳河谷。他们叫嚣，他们歌唱，他们趾高气扬。只是他们不知，这里早已设下“口袋”，待“君”入瓮。

叶成焕带领的772团，与对面窑头村高地的771团遥相呼应，再加上769团的随后跟踪，使得日军辎重部队一进入目标区，便受到猛烈的攻击。完全没有预料的敌人在瓮中一边挣扎一边展开应对。从上午九点持续到深夜,尽管打得极其艰难,但因八路军提前周密的部署而大获全胜,彻底粉碎了日军“九路围攻”的阴谋,更击碎了日军“三个月灭亡中国”的妄想。

长乐战斗遗址上的纪念碑。

日军不服,派来援兵。叶成焕与其他指挥者一样,接到撤退命令。他像以往任何一次一样,留在最后一个排撤退。一边撤一边仍不忘观察增援的日军,为再次出击做着准备。

他举着望远镜,望着望着,便望上一处高坡。

枪声呼啸而来,日军援兵已到沟下。通信员急得大喊:高处危险,赶快下来!可叶成焕说高处看得清,再等一等。说话的当儿,一颗子弹“嗖”的一声从他衣袖穿过。

子弹天天在身边飞,他没有动。

英雄眼里,战场如平常。

子弹毕竟是子弹,一颗颗子弹,都长着眼睛。执着地要再“看一看”,再“等一等”的叶成焕的命,终于没有躲过冲他而来的第二颗子弹,叶成焕头部被击中。他晃了两晃终于未能站稳,带着望远镜里的局势与新的作战计划,倒在一棵小松树旁。

英雄倒在武乡的高地,浊漳河畔一片呜咽声。

在他之前倒地不起的,还有他带领的二营五连指导员杜德镇,打光子弹拼刺刀,最终闯入敌群连刺多个鬼子后牺牲;三营十连指导员秦玉忠,在掷出二十多颗手榴弹结束了四十多个日军后身负七处重伤永久告别战场;团部十六岁通信员邓丙彦,在连杀五个敌人后独自猛追一队日军,英勇献出生命;十连一个排的战士一个不剩……

团长叶成焕知道他的属下有牺牲,但不知道哪些爱将牺牲。因此在被特务连的战士们紧急抬着下山的路上,偶尔恢复神智时还不住口地问:“哎,队伍,队伍呢?”

队伍,队伍呢?这是英雄最后的遗言,也是英雄最后的惦念。

英雄啊,我忍不住想大声责问:为什么,非要站在高高的坡上?

随后赶来的师长刘伯承及旅长陈赓,也必定悲恨交加。尽管,他们彻夜守候在叶成焕的身边;尽管,他们带来了师部最好的军医。然而,叶成焕终因伤势过重,流血过多,于 1938 年 4 月 18 日凌晨咽下最后一口气。

太行山接下来一场一场新的战争中,再也没了他的名字。年仅二十四岁的年轻团长,在战场上已经厮杀了整整九年。或许,他真的累了,透支得太多了,真的该好好歇歇了。

彼时,他的老乡及战友李德生,仅仅是 129 师 385 旅 769 团一名连长。他们两个人同年来到太行山,他们所在的乡相距不足十公里。只是,叶成焕没有李德生好运,李德生在起伏的风云中见证了亲手解放的家乡和祖国,活到九十六岁高龄。

安葬叶成焕前,有人注意到,英雄的脚上还穿着一双破旧的草鞋。长乐村的民兵董来旺赶忙找来一双布鞋,把老区的温暖穿在英雄脚上。

当天下午，朱德总司令也专程从八路军总部赶到榆社县郝北村,参加了叶成焕追悼会。刘伯承师长致悼词并铲起第一锹黄土覆盖在灵柩上。随后,副师长徐向前、政委邓小平、旅长陈赓和干部战士代表依次铲土,共筑新坟送别英雄。

中华人民共和国成立后，叶成焕的遗体迁葬于河北省邯郸市晋冀鲁豫烈士陵园。

他脚上最后的那双草鞋,也辗转在1971年被武乡县委办公室副主任李彦南找到，陈列在武乡革命纪念馆,1988年3月送交八路军太行纪念馆。1999年5月,这双草鞋被鉴定为国家一级文物,永久陈列于八路军太行纪念馆抗战史馆第二展厅。

叶成焕,是里庄及长乐滩战争中我军牺牲的最高将领。

老兵郭贵云,当然知道这位牺牲在家门口的前辈英雄。于是一提及便连声说：比不得，比不得。

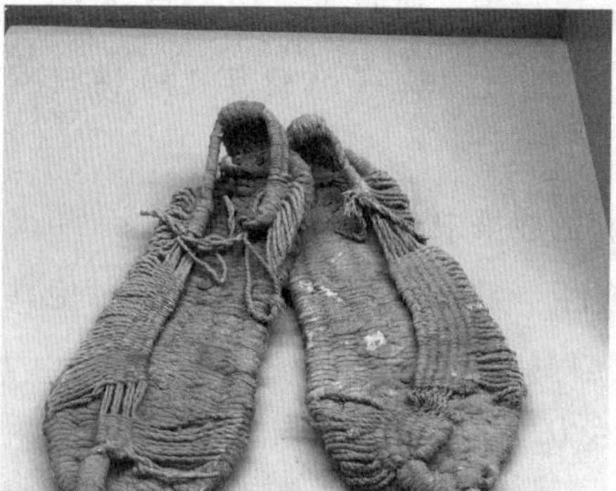

被保存下来的叶成焕穿过的草鞋。

二十世纪九十年代初，一个剧组走进这里，拍摄“长乐之战”。当时与同学们一起做了群众演员的一名初中生现在已经人近中年。问起他当时的感受，他说一是蒙,二是累。当时，作为武乡的

叶成焕遗像。

一名初中生,他根本不知道长乐之战是怎么回事,甚至不知道长乐在哪儿。他说好奇过后就是累。从早上八点到晚上八点,其间就吃了两个饼子, 拍了仨镜头:第一个是冲,从地上扛起枪往坡上跑;第二个是呛,直到回到学校, 烟雾还弥漫在整条街上;第三个是悼,是一个什么长牺牲了,让他们低下头默哀。

当演员,竟然没有给你们提前补补课? 他说没有。不过扮演邓小平的演员是卢奇,这个记得清。

他说的悼一个牺牲的什么长,可是叶成焕? 可惜,当时没有人告诉他。相信当年的孩子们若真听过叶成焕的故事,一定会真心哀伤。

其实早在二十世纪七十年代末的一个夏天, 这里就迎来过一个庞大的剧组。身着八路军军装的演员们,在里庄滩演绎着一场又一场激烈的"战争"。附近村庄的大人孩子,结伴站在河两岸嘻嘻哈哈一惊一乍地看着那些遥远的故事, 有的小孩子还淘气地闯进画面。河这边有些小伙伴就忍不住,跃跃欲试要去渡河,有几个就沉浮于湍急的水中,被看到的大人们骂着救起。

里庄滩的"战争"继续上演,"敌我双方"时而在岸上时而漂浮在齐胸的水中。孩子们边叫着过瘾,边焦急地打问这部剧登上荧幕的时间。

那时候的荧幕故事,大多是此类激烈的战争场面。最想看的是结尾，我军大胜，敌人尸首遍呈，余下的俘虏举手投降；最想听的是冲锋号声，伴随着奋勇冲杀的战士们的喊声长久地激动人心。然而尽管这样，终归不解个中滋味，不去想这些“画面”就是曾经发生在家门口的事实。那些尸首当中，也有我们亲亲的先人。比如，我的曾祖父。

剧组再现当年，周边有大批百姓其实是翻江倒海地痛，比如郭贵云。那时他不到五十岁，战争的伤痕还植根在心。那次在里庄滩大规模拍电影，他说看了，又说没看。

我知道，当年，他一定像孩子们一样兴冲冲赶来观看。然而那些“战士”，那些场面，那些硝烟，一定触碰了他心底埋也埋不住的沉重。

他，看不下去。

岁月流逝，伤痕抹不去。

说到战场，郭贵云毫不掩饰内心的真实。他坦言当年虽然过着天天逃难的日子，却并不想参军，就是怕死。可村干部天天跟着做工作，不厌其烦，直到他跟着到了大队。村干部做思想工作，郭贵云终于穿上军装，奔赴战场。

怕呀！战争紧迫，甚至没时间告诉他怎么打枪。他说刚开始就是瞎打。甚至枪一响就发抖。扣动扳机时，他甚至把头扭向身后。

还有战士怕吗？他说当然有。胆大的不少，明明知道是死，还是要上。胆小的就听命令。有命令不能不上，因为战士不能退却。所以只能上，只能坚强。今天，八十五岁的郭贵云微笑着，像讲别人的故事一样讲着自己的当年。

然而他的笑一闪即逝。他说那时候，总是饿着肚子，常常是阴冷的天下着雨，穿着单薄的衣服湿淋淋蹲在壕沟里。“实在是冷啊，

正在建设中的零散烈士集中安放墓园。

冷得打寒战。瞌睡,却根本睡不着,不住地在墙根打转。”

他的神情,他的话,让我的一颗心阵阵发紧发疼。今天,给他们多少温暖,才可以把旧痕抚慰熨平?

日兵荻岛静夫也在侵华日记中写过这样的话:

> 半夜里,我们到达大行李部,大家都进了帐篷,睡在硬土上。
>
> 这是多么令人羡慕的事情啊,作为步兵是没有这种待遇的。

是呀,睡在硬土上,是一种奢侈。

恶劣与子弹是最好的老师,怕就得死。胆子,就是被枪炮声一点点训练出来的。之后,郭贵云随着 385 旅 769 这个猛虎团一路打壶关,打长治,打屯留,打到山东阳山,打过河南安阳,挺进大别山,也把自己结结实实地打成一名英勇的八路军战士。

如郭贵云自己所说,他比不了叶成焕。可是他与叶成焕一样,是同样厮杀在战场上保卫国土的战士。

他是幸运的,只有脚趾受过不算太重的伤,可以安然回到自己的村庄,可以继续站在浊漳河边,看云开雾散,春华秋实,看历尽沧桑的河水一年又一年不惊不乍,缓缓流淌。

2015 年,他作为武乡的五位老兵代表之一,去北京参加了纪念抗日战争胜利七十周年阅兵活动。他说那是他平生第一次走进首都,终于看到电视里的天安门,看到国家领导人站在城楼上讲话。不过他说,天安门也没啥特别的,远远望去就跟家里的窑洞一样。不过当他再次将手抬起庄严地敬着军礼时,内心还是骄傲不止澎湃不已。

是呀,他是永远的战士!

有首长在他耳边鼓励:再活十年,再来北京。

哈哈,八十五了,够本了!他边说边动容地笑。

这个下午,他第一次爽朗地笑了。

他收拾的玉米,是女儿家刚刚收回来的。他的一个女儿,嫁到里庄村,并在路边开了小卖店。当年门前来来往往的军队,早已经换为一辆辆飞驰的汽车。

河上有了一座体面的桥,却没了曾经滔滔奔腾的浊漳河水。

一切恢复到村庄该有的宁静。

桃红柳绿了,芦苇碧了又黄了,庄稼熟了又收割了。浊漳河两岸的百姓一年年延续着春种夏收,年轻的人们,早已不知道战争的含义。然而战争结束之后好多年,每每行走在这片河滩,他的思绪总还是忍不住要跑回从前:战争,是不是有一天突然又会回来?甚至，他对哪里突然传出的鞭炮声也会一阵惊悸。当年那些被河水冲走的战友，灵魂可安好？

如今，河水浅到不像一条河，更不像太行山中的大河浊漳河。有时坐在河边他就想，也好，一切都流走吧。

孩子们没处狗刨了吧？这话突然让他想起一位战友，四川籍，水性很好。他说那位小战士当年特别想跳进浊漳河里好好畅游戏耍一番，可是没有时间。于是他们商量着战争结束后来一场大比拼。然而仗还在继续，四川战友却被一颗子弹送往另一个世界。

郭贵云忘不了他，是因为那个小战士有着他当初比不了的刚强，明知是死，可就是要用一腔热血顶上！他年轻而温热的尸体就在身边，可郭贵云却连难过都顾不上。

身边死的人太多，以至于郭贵云说他根本记不住谁是班长谁是排长，总是这个死了那个顶上。他只记得，那时他的团长是李德生。

现在，那些关于战争的电影电视，演的都与真的一样。每每遇到，他就换台。

不想看，不想看。

面对眼前萧瑟的河滩，他似跟我说，更像喃喃自语。早上精神焕发一起出发的战友，晚上有许多就回不来了。说到这里，他头一低，把余下的话哽在喉咙里。

长久沉默。

一阵寒风袭来，迎面，吹皱浅浅的浊漳河水。

他，起身，把一辆辆呼啸而过的车辆留在身后，长久地站立在风中的河谷前，垂泪。

曾祖父的墓碑

在郭贵云伤感的目送下，我穿过浊漳河，到了我出生的村庄窑头村。只是，曾经的独木桥没有了，换成了宽敞的马路。因为，曾经汹涌的河水越来越少了。我知道，我想看到一块墓碑。我也知道，不可能有这样一块墓碑。

写这本书的过程，也是不断让我深深自责的过程。生我养我的这片土地，我对它的了解竟然那么少。

直到今天，才知道，我的曾祖父，竟死于一碗和子饭。

乱刀扎遍周身。

我的情感往上，只能延伸到我爷爷那里。所以对于爷爷的父亲，我的曾祖父，未曾问过一丝一毫，更不知道在他身上还有如此血腥的不堪往事。

听母亲讲过曾祖母，因为她结婚后好多年与这个寡居的奶奶住在一起。那时候听母亲深情讲述我的曾祖母，与听别人家奶奶的故事一样，收不进心里。

我的小姑姑没有见过她的爷爷，即我的曾祖父。七十年后的今天，她把听来的故事讲给我。那个下午，她哭了，因为那是她的爷爷。提笔的这个晚上，我感觉到了疼痛，几次潮湿了双眼。才意识

当年，悄悄埋葬了父亲的大儿子。

到，曾祖父的血液，通过爷爷，已经延续到我的身体里。

姑姑从她的父辈那里听说，那段日子，曾祖父一次次嘱咐他的二儿子，也就是我的爷爷：啥也不要顾及，保护好两个孩儿！他说的两个孩儿，其中之一就是我的父亲。那时候，日本人进村如家常便饭；那时候，父亲才不到两岁。他一次又一次，与我的大姑姑一边一个惊恐地坐进我爷爷的挑担，慌乱地从家中奔向大山里。

我一遍遍想，我的曾祖父，在嘱咐过儿子啥也不要顾及之后，为什么，还要回头喝那一碗和子饭？

那个午后，人们像往常一样跑向大山深处。可是半路上，曾祖父却改变了主意：你们先走，我回去把那碗和子饭喝了。

于是在杂沓的人群中，他勇士一般反其道，逆风而跑，逆流而奔。向着家，向着锅台，向着一碗和子饭，极速奔跑。

亲人们弃家而去。他无牵无挂，大刀阔斧，带着满身饥饿的力量，带着对小米的疼惜，向着家，冲刺。他一定是刚刚从地头回到家，跑出去又万般不舍那碗来不及端起的和子饭。也或许，隔三岔五地奔命，让他觉得依然可以侥幸一次。总之，那个时刻，一碗和子饭的诱惑胜过生命的威胁。

他如愿，赶在日本人之前，端起那碗和子饭。

多么喷香的一碗和子饭啊，就是他一路奔向的那个味道，就是老伴手里的味道，就是灶台温暖的味道，就是儿孙们簇拥的味道，更是饥肠辘辘胃里急需的味道。

可是，他以一饮而尽的姿势，被日本人堵在屋里。彼时，他或许更希望，喝到嘴里的，是一碗浓烈的酒。

肠胃的惬意，戛然而止。我的曾祖父，他不慌不忙，就在日本人面前，从容喝完那碗和子饭，如饮酒一般酣畅。之后，他摔碎那只给了他最后温暖的碗。

爷爷们发现他时，不粘一粒米的碎裂瓷片，躺在他腿边。曾祖父千疮百孔的身体，浸泡在自己的鲜血里。

就像一块好好的布，被一刀一刀划破。姑姑一手捂着胸口一手从脸到身体上下滑动，形容她的爷爷。

血，还在流，尽管已经染红了土地。

奔六十岁的曾祖父，以鲜红的形象出现在家人面前。

哪里敢哭？姑姑讲到这里一边落泪一边大口喘气。她说那个连大气都不敢出的年代，哪里敢痛快地哭？她带着恨带着怒地大声叹息，像是将自己父亲当年堵在心里的山洪畅快打开，让委屈与遗恨决堤而出。

扔下挑担的爷爷与他的哥哥，迅速推开母亲，把他们的父亲裹进破席子，悄然抬进对面山坳里。曾祖父的三个女儿嫁到外边的村子，还有两个小儿子不在身边。几个小时的时间，家人完成了曾祖父从去世到出殡的所有仪式。他全部的孝子，就是我的两个爷爷。他们抬着这具沉重的躯体，一前一后，用沉默的眼泪，护佑着父亲的身体。

一个简易的坑，安放了他们的父亲。心头唯一释然的，或许是他们的父亲胃里毕竟还有一碗和子饭暖身。

回家的路，血迹斑斑，泪水涟涟。

姑姑说，曾祖父被抬走时，甚至没有洗把脸。

夜晚，一家人收起灶台边的碎片，铲除过血染的地面，围坐在屋里，胆战心惊地猜测着曾祖父的死。曾祖父的身上，从上到下布满刀眼儿。曾祖父走了，性格还在。他们知道，一定是暴脾气的曾祖父激烈地反击了日本人。那时候鬼子进村，无非是想寻找八路军，无非是让老百姓当带路人，无非是寻找粮食。曾祖父不仅不会做，或许早想当面发泄一下埋藏在心中的愤恨。也或许，他还大喝一声：即便死掉，也不能让亲手种下的粮食喂进狗嘴里！总之，曾祖父一定是气势如虹，气壮山河，慷慨激昂，句句刀箭般穿心。

刀，在鬼子手里。带刀的日本人，怎能容忍被一介草民如此辱骂如此轻视。于是，钢刀，齐刷刷冲向他的肉体，速度比他奔向一碗和子饭快千百倍。曾祖父一定是边倒下边痛骂，钢刀才越来越愤怒，直到布满周身，直到他再也无法出声。

那个晚上，曾祖母一定哭着骂了曾祖父，骂他一如既往的倔强，骂他把性命丢在一碗和子饭上。然而这就是我的曾祖父，可为一碗和子饭折腰，却不会为一条命向鬼子低头。

在我的家乡，一定有许许多多像我一样的人，他们的先辈都以这样的方式壮烈地死在脚下的土地上。他们不是杀敌英雄，却死得荡气回肠，骨气长存。

1968年，我的曾祖母在爱人的鲜血阴影里独自生活了二十多年后去世。那一年，我爷爷已经五十四岁，即将到了他父亲当年去世的年龄。他们携儿带女，跪在父亲凌乱的尸骨前，在旷野中痛哭流涕。

母亲记得清楚，那一天，是腊月初九。山里的寒风，彻骨地吹。

曾祖父，终于入了棺木，有了从未盖过的崭新棉被包身，温暖地与老伴一起，庄重地在寒风里体面上路。

二十四年后，他崭新的棺木后面，孝子贤孙排了长长的队伍。然而哭声最恸切的，还是我的爷爷，与他的哥哥。

我的两位爷爷，把父亲埋入土里，又挖出来，再埋进去。在一次比一次隆重的仪式中，安抚着父亲身体的痛楚，告慰着父亲在饥饿中含恨离去的魂灵。

当年，悄悄埋葬了父亲的二儿子。

小时候，常常缠着爷爷讲故事。爷爷七拼八凑的故事里，也夹带着不少关于日本人的事。爷爷说的就是，他挑着我的父亲与大姑，回头还要一把将矮小的奶奶夹在怀里；爷爷还说，那副挑担随时就在炕头边，一有消息便飞身下地，把睡眼蒙眬的孩子塞进挑筐里。爷爷的故事不仅没有伤悲，倒让我们这些幼小的孙辈越听越有趣。爷爷的故事里，唯独没有出现过曾祖父。现在想来，他当初间或紧锁的眉宇间，充满对父亲的遗恨与怀念，充满对孙儿的呵护与关爱。而来自他父亲的血腥，一生被死死压在心里。

曾祖父唯一在世的儿子，八十六岁。

今天，我听得惊恐万分，痛心疾首。因为那是1944年，因为再过一年，万恶的日本人就要耷拉着脑袋滚出这片土地。我的曾祖父，他的胃若可以忍一忍，他的倔强如果可以收一收，便能看到这新社会，便可以与我的曾祖母一起，在温暖的炕头上进入1968年。

一碗饭，一条命。这，或许就是曾祖父的命数。

遗憾我未能在曾祖母离去之前出生，否则也可以从她的影像里窥得一丝丝曾祖父的影子。努力想，模样却是我爷爷。或许，曾祖父的模样也真如我的爷爷。只知道，他膝下有五个孩子，四子一女。今天，他最小的儿子还在世，已经八十六岁。幸好，这个我叫四爷爷的他的小儿子还在世。

我的四爷爷，长相也酷似我的亲爷爷。

回乡问过，我的曾祖父，名叫蒋存富。

他是我的曾祖父。

他不仅仅是我的曾祖父。

我在心中，为他竖起一块神圣的墓碑。

一九四一年四月，张庄的夜

曾祖父没有墓碑，但张庄有。碑上，一个一个，刻着与我的曾祖父当年一样，惨烈死去的不穿军装的英雄。

窑头村上去，就是张庄。两村相距三里地。小学五年级时，曾在这里读过一段时间的书。多年之后再进村，却完全不是当初的旧模样。

遥望一个院落，我曾经早晨提着一份午餐放进去，中午在那里热好吃完，下午再进去提着餐具离开。院子里住着我本村的一位邻居姑姑，她嫁到这里，那段时间便成为我在这个村的唯一亲人。早几年听说她去世了，院落也变了模样，但位置我清晰记着。

一位年轻女子出来，打断我的思绪。向她问起段景祥，她说不太清楚，不过说可以带我们去找村里的老人。一路走到村下面的戏台边时，才发现要找的人不在。一抬头，村顶上一位老人拄杖而过，她于是喊："哎——下来一下——"

老人站定："听不清呀——"

于是下面的人一边喊一边摆手。老人很快看懂了这些人的手势，反身下来。聊天的当儿，老人已经远远笑着出现了。此刻才看清，他手里的"拐杖"，竟是一个放羊铲。

七十七岁的杨九文老人拖着一把放羊铲，一路给我们讲述并满村为我们寻找知情人。（李晓斌 摄影）

他举起放羊铲说："就是借个力，还能打狗，挺好。"

说完，很爽朗地大笑。

老人叫杨九文，七十七岁，身板很好，精神也好，唯听力不行。因此一开始，他便把"段景祥"错听为"杨锦祥"，由此倒引出另一段伤心往事。他说，杨锦祥是他三大爷的儿子，1917年出生，是比他大很多岁的堂哥。杨锦祥小名来水，1933年便加入共产党，之后秘密从事地下工作。1938年任张庄村第一任支部书记，组建了村政权开始了对敌斗争，同年调七区工作。第二年任武乡游击队指导员，1940年参加了百团大战。1942年在武乡东皋坪一次反扫荡中牺牲，年仅二十五岁。杨九文从大人们那里得到的信息，是杨锦祥在一个狭窄的路段与敌人正面遭遇，当时只是受了重伤。跑离敌人的视线之后才觉得胃里特别烧，便到沟里喝了一通凉水。"越发不行了，很快就死了。”杨九文至今说到他的这位大哥，还是黯然不已。更让老人难过的是，中华人民共和国成立后的1953年，村里对去世的烈士重新进行了安葬，并立了碑。然而面对本家兄弟齐刷刷的儿女，三大爷悲从心来，接受不了一个大家族中独独少了他最优秀的儿子，不久便生了病，两三年便去世了。

“还不到六十岁，太早。”之前一直笑眯眯的杨九文沉着脸，眼睛看着天。

段景祥比杨锦祥晚四年出生。抗战爆发后，不满二十岁的段景祥辞掉榆次纱厂的工作，回到老家张庄村。说到他的这一决定，不能不提一个人，这个人就是武乡党组织的主要创始人之一——赵向荣。赵向荣1911年出生于张庄大队的赵塄坡村，原名赵瑞璧。八岁进入张庄小学读书，十三岁时考入了县立高小，毕业后成为一名小学教师。1933年，赵瑞璧由武乡籍第一位共产党员李逸三介绍加入中国共产党，同年8月中共武乡县工委成立时，被选为县委组织委员。然而很快，因为他们发动了以“抗租”“抗债”为中心的五抗农民运动，受到山西国民党当局的打击，党组织遭到破坏。1934年秋赵瑞璧徒步数百里到省城太原，找到党组织。之后重返武乡组建了新的县委，赵瑞璧任县委书记。两年后由于叛徒出卖，武乡地下组织第二次遭到破坏，赵瑞璧被捕入狱。在太原陆军监狱，赵瑞璧等五名共产党员受尽酷刑，并以“宣传赤化”为名被判七年有期徒刑。

1937年初，在党组织营救下，赵瑞璧等一批政治犯被释放出狱，参加了牺盟会，并接受了“军政训练班”培训，结业后到交城县任山西牺牲救国同盟会交城分会特派员。临行前为了保护他，组织将他的名字改为赵向荣。在交城，他在多方考察的基础上吸收了三名共产党员，成立了交城县党支部，并担任支部书记。1938年初，赵向荣再次调任清太县（清徐、太原部分地区）任工委书记，发展党员，建立党组织，并组建了抗日游击队，自己担任游击队教导员。

在抗日战争和解放战争中，赵向荣先后担任交城县牺盟会首席特派员，清太县抗日县长、县委书记，山西青年抗敌决死纵队一纵队政治主任、卫生处政治委员，中共归绥(今呼和浩特市)县委书记，始终处在抗日斗争最前沿，站在斗争的最前列，为中华民族的独立和解放做出了贡献。

榜样的力量是无穷的。赵向荣的行为，悄悄影响着一个人，这个人就是赵向荣的外甥段景祥。从榆次回到张庄后，他担任张庄编村青年会主席，组织地方武装，反击日军侵略。他白天组织村民耕种，夜里站岗巡逻。段景祥机灵能干，帮八路军搜集到不少情报，让日军恨之入骨。

抗战那些年，没有一个夜是安静的，没有一觉是安心的。承担着站岗巡逻工作的村民更是责任重大。1941年农历四月十九日夜，沐浴在春风里，却丝毫没有暖意。那一晚，附近五龙坪有庙会，村民晚上去看戏。段景祥待看戏的村民回到村之后，细细检查完毕，才回到家里。没想到刚刚睡了不久，就被一声异常惊醒。

今天，曾在张庄村当过村支书的八十一岁老人窦炳尧告诉我们，当年那个晚上敌人是冲着段景祥家的一支枪去的。其实当时村里民兵中就只有一支枪，之前本来在村里一个叫陈明道（音）的人家里。前一天，对方却突然给段景祥送了过来。伪军进入他的家里，自然看到那支枪。段景祥拔腿就跑，伪军便拼命追，一直追到寨沟，一块地一块地往下跳，最后到一个沟里终于被追上，伪军在他身上连扎七刀。

看着躺在地上一动不动的段景祥，伪军向日军汇报：一个土八路，死了！

多年以后段景祥回忆，他当时尽管疼痛到要昏迷，头脑还是清醒的。伪军的几刀，没有扎在他的要害部位，他当时便极力憋着一口气，等到敌人离开之后才昏迷过去。听说之后便下了一场雨，雨水猛烈地冲刷着英雄的身体。段景祥终于被唤醒，被寻找他的家人与村人发现。大家喜极而泣，但依旧不敢带他回村，就在山上的窑洞里养伤四十多天。

大难不死，更加坚定了段景祥的抗日决心与勇气。伤愈后，他在上级组织的指示下，离开村庄去到区上，加入了更加轰轰烈烈的抗日活动，而且一次次立下大功，赢得了"抗日英雄"的美誉。

抗日战争胜利后，段景祥没有停下脚步，跟随大军南下，进入湖北洪湖，又在国民党的枪林弹雨里开辟革命根据地。几年艰苦卓绝的斗争之后，终于建立了红色政权。武乡人段景祥，出任了洪湖县第一任县长，后任湖北省委纪检处长、化工部连云港、武汉、北京矿山规划设计院党委书记兼院长。

段景祥生活在遥远的南方，然而心中，时时闪现故乡的影子。即便是那个几乎丢掉性命的漆黑夜晚，也让他在一次次想念中疼痛。

离休之后，老人常常回到村庄，徘徊在那片土地上，聚拢在曾经的兄弟们中间。杨九文说，段景祥有一年回来还带了一本书，就是他本人一生的故事。那一天，他满村帮我们找这本书，可惜找到两家都说不知扔哪里了。杨九文看着我们，极是遗憾。他不知道我们具体在做什么，但他觉得我们的工作很重要，就像之前问他愿不愿意带我们去找找别的老人时，他连连说："那还能不去？误了啥也

段景祥八十五岁时,自费出资八千元在村里修建的"抗日烈士纪念碑"。(李晓斌 摄影)

不能误了带你们。"

2005年抗战胜利六十周年之际,八十五岁高龄的段景祥再次回到家乡,自费出资八千元,修建了村里的"抗日烈士纪念碑",高高俯瞰着整个村庄。而他自己,也在去世后将骨灰安置回乡,与他的另外三个兄弟葬在一起。今天,弟兄四个坟墓就在纪念碑对面,一片正在生长的柏树环绕着,与曾经并肩战斗的英雄们相依相望。

抗战时期,张庄村活跃着一批优秀的共产党员:窦志仁,1939年参加革命工作,同年入党,在县公安局地下办公室当秘书兼侦查员;窦志鸿(景方),1937年加入共产党,同年参加武乡县牺盟会组织,1938年任张庄编村村长;段德厚,共产党员,抗战时任张庄农救会主席;窦志全,游击队员。

也因此,他们的名字与面貌,早早出现在日本人的视线中。

1941年4月19日那天，窦志仁受命与一名姓魏的八路军一起去五龙坪庙会，收集敌人近来的活动情况，直到后半夜才返回村里。按照预先约定，他直接到了窦福生家里与窦志鸿、段德厚、窦志全一起分析当前形势。没想到汉奸告密，被鬼子堵在院里。情急之下，窦志仁越墙逃脱。其余人则被用绳子绑在一起，押到鬼子在段村的洪部地下水牢。一段时间的严刑拷打之后，未得到一丝信息。最后只有村民窦福生被放了回来，窦志鸿、段德厚、窦志全于5月6日被杀。那一年，窦志鸿与段德厚同为二十九岁，窦志全刚刚二十岁。

当年成功逃脱的窦志仁1942年任四区政府秘书等职，中华人民共和国成立后先后任长治中级人民法院审判长、机关党委书记、太原市运输管理局工会主席、第一汽运公司党委书记兼经理等职。

窦炳尧说，那个晚上的事件过后，村里人抓出两个汉奸，一个

张庄村头段景祥弟兄四人的坟墓。（李晓斌 摄影）

曾在张庄村当过村支书的八十一岁老人窦炳尧，讲述 1941 年 4 月发生的事。（王照骞 摄影）

是前一晚给段景祥送枪的陈明道；二是马书堂（音）。因为那晚敌人进窦福生家之前，有人清楚地听到先叫马书堂的名字，再加上他之前一贯的表现，所以确定是他把人带到窦福生家。之后，整个张庄区召开除奸大会，周围几个村的民兵及村民聚集，要除掉这两个人。没想到陈明道从一户人家大门外的水口钻进院子，爬上一棵花椒树之后上房跑了；而马书堂在被打断几根肋骨之后，被本家人求情放过一条命。

被害的，害人的，一切都归了尘土。后人提起，却是泰山与鸿毛的区别。

把六年生命之重托付给文字

采访过程中，我一直想找到一本与被采访者有关的书，然而一次次失望。就如张庄村的杨九文一样，他明明记得当年段景祥带回来过一本书，可就是没了踪影。

段景祥的书，只是没有找到。他的书却是真实存在的。可我接触的十几位老兵，却从来没有一点儿文字记载，哪怕只是一篇文章。

段廷荣，是个例外。

段廷荣把一生的文化，全部凝结在他八十二岁时由长治日报社印刷厂印制的一本书里。采访他的那天，他的儿媳送我一本，书名是《军魂铸忠诚》。儿媳的意思，是怕老人年龄大了有些事表述不清楚，不如拿一本书看准确。

之前接触的每位老兵，我无一例外都要问他们：是否有文字资料？所有的人都是摇头。而段廷荣，竟然在我没有准备的时候，送给我一本书。

书共二百六十五页，十五万字，三十个战斗故事。

段廷荣的青春岁月，就凝结在这本鲜红色封面的书里。

还是愿意听他讲述。于是在武乡县城他儿子的家里，我们从他

段廷荣历时八年完成的作品《军魂铸忠诚》。

当年上学的故事说开去。

“其实根本没怎么念书。”老人说，“只是一生都想念书。”

段廷荣是武乡县丰州镇雨沟村（原丰州镇松树庄行政村东堖村）人，离现在的县城只有五公里。因家贫，他七岁便在家拾柴烧火，并帮助父亲做地里的活。一直到十一岁，才进入白芽村小学读书，然而也是半耕半读。那时候，抗日战争的烽火已经慢慢在武乡拉开帷幕，段廷荣同时还参加了学校的儿童团，站岗放哨，查路条捉汉奸。

段廷荣说不清楚，反正从小就是想念书。于是在十五岁那年，他又考入武乡县抗日民校。尽管他意识到这样的环境不可能好好读书。但变化比他想象得更快，快到猝不及防。当年夏收，学校放假回家收麦。就在第二天，日本侵占了今天的县城，也就是离他们村五公里的段村镇。他记得清楚，那一天是1940年农历五月十九。家乡瞬间沦为敌占区，段廷荣从此与学校失去联系。

念书梦，就此断了。

或许是念的书太少了，段廷荣在此后的夜里，书本都不曾入梦。梦里，他总是挥着手榴弹。段廷荣对手榴弹有着别样的感情。在最风华正茂的岁月，手榴弹是他亲密的战友，陪伴他在六年时光里打跑一拨又一拨的敌人，保护了自己的生命。他笑着回忆，当年打游击战时，一杆老枪顶多有三五颗子弹，还常有瞎火的。所以那时候才会有“每一颗子弹要消灭一个敌人”的努力。他喜欢手榴弹胜过子弹，是因为一颗手榴弹扔出去，可以消灭几个敌人。那时候，他们叫手榴弹是“捣蒜锤”。他骄傲地回忆，自己六年的战斗生涯里，扔出一个又一个“捣蒜锤”，捣烂了敌人数不清的脑瓜子。他记得最痛快的一次手榴弹战斗，是在故城村。一个晚上，他们发现一些日军在烤火取暖，于是段廷荣所在的连共三个排从东、西、北三个方向同时往敌人的火里扔手榴弹。轰隆隆的爆炸声至今想来都痛快得不行。那一次，他们不仅炸死不少日军，还活捉了七八名俘虏。也因此，他在多年之后的睡梦中，还经常是举着刺刀与手榴弹同鬼子大力拼杀。每次总是随着手榴弹扔出去轰隆一响，俘虏就被他抓到，他便笑醒。尽管他描述醒来之后身上出汗又困乏，尽管他对手榴弹梦了又梦，我还是为他能从这样的梦中笑醒而高兴。因为他的许多战友，常常是在梦中被激烈的战斗惊醒而长久无法入眠。

与手榴弹相伴六年的段廷荣，当兵之路却并不容易。为了当兵，他两次找上部队的门。那时候，谁家都不希望自己的孩子去当兵，人们的说法就是“不能去当炮灰”。段廷荣却是对当兵情有独钟，倒不是他不怕打仗，而是他觉得与其坐着挨打，不如主动出击。当年，还未当兵的段廷荣，就实实在在挨过敌人两次打。那是1942年，他十七岁，一次是要粮，一次是被抓去参加警备队。这些事件的发生更坚定了他参加抗日队伍的想法。他发誓要自己扛起枪，把敌人赶出家乡的土地。之后他一直打听，哪里可以参军。多方努力后，一位给牲口铲蹄钉掌的叫段木旺的本家答应带他去找部队。高兴极了的他骗母亲说要到姐姐家，在一个早饭后跟着段木旺到了涌泉乡的蚂蚁辿，找到县政府。他记得到了的时候是一个晌午，政府的人给他喝了一碗高粱面汤。段廷荣小心而坚定地表述了自己想当兵的愿望,然而给他喝面汤的干部告诉他,现在精兵简政,不要人。那个时候,日军加紧了对中共抗日根据地的“扫荡”与“蚕食”,武乡这个抗日根据地的范围日渐缩小;再加上自然灾害频发,部队不得不精兵简政。这一消息让原本没准备再回家的段廷荣极度绝望。无奈之下他又恳求对方能否给他找个做工的地方?他愿意在附近等待部队再次征兵。可对方说现在的农民都组织了变工队,这个忙实在是帮不上。段廷荣不死心,离开时还是诚恳地留下自己的愿望,“以后要兵时,一定告诉我一声”。

沮丧地回到家之后,段廷荣继续在儿童团站岗放哨。第二年,武工队一位深深了解他的叫侯红庆的同志告诉他,八路军要人了。于是他再次瞒着家人偷跑到根据地涌泉乡神前村。这一次,十八岁的段廷荣终于梦想成真,参加了武西县独立营。

热泪盈眶把来之不易的军装小心穿上身,段廷荣知道自己一身的智慧与力量有了用场。十九岁成为战斗组长,二十岁受到排里表扬奖励,二十一岁加入中国共产党。

段廷荣最忘不了的日子,是抗日战争胜利前一天上午打的一仗。那不仅是武西县独立营的最后一次战斗,也是抗日战争中打的最后一仗。那天,他们独立营从白晋线上的游击现场被调回高仁村休息。这时,时任太行军区武乡独立营副营长的涂学忠给他们带来好消息,说主力部队已经包围了段村,他们也要马上出发,参加最后一场战斗。段廷荣说,战士们听了非常激动,他们大多是本地人,能在熟悉的土地上参加早已向往的战斗,个个摩拳擦掌,脚底生风。当晚,他们从南村河边爬上王家垴,又到了胡兰沟顶上奉命隐蔽起来,等待冲锋令。那晚的心情,与以往的战斗完全不一样。段廷

段廷荣是我接触的十多位抗战老兵中最有文化的一位，他把青春年代三十个战斗故事凝结在一本书中。

荣说他们无比轻松，知道日军已经成为“瓮中之鳖”。他们一边待命一边学着伪情报员们慌里慌张向日军汇报时的模样：“长官快，我村来了八路军！”“有多少？”“可多呢，住了满满一村。”战士们说一阵，笑一阵。

就这样待了一夜，等到太阳出来时，却收到让他们撤回白芽村吃饭的命令。战士们一边撤一边泄气，觉得地方小兵打不了大仗。回到村后，才发现正如日军中流传的一样，野战军满村。村民们也早已把埋藏的粮食挖出来，热气腾腾做好一锅一锅饭菜。段廷荣记得，他刚刚端起一碗汤面吃了两口，集结号就吹响了。听说日军从段村突围出来，想向沁县方向逃跑。于是他们受命跟着涂副营长一气跑上印圪咀，正赶上日军一个排跑来想夺取这处高地。早到一步的他们顾不得听命令，手榴弹、机枪、步枪齐发，迅速将没有反应过来的日军打得死的死跑的跑。这一战，他们收获了日军扔下的十七八箱“八八式”小炮弹，活捉了十几个俘虏兵，以及不少枪支弹药。午饭时分，他们肩扛手抬，带着这些战利品再次回到白芽村吃饭。让段廷荣至今都激动不已的是，那一仗，日军一枪也没来得及放，我军无一人伤亡。

休整一下午，他们在天黑时再次接到命令，那就是配合主力部队收拾松村的炮台。之后又一口气跑步三十里到茅庄顶打敌人的援兵。段廷荣说，他们在山顶上守了一夜，没等来援兵，却等来解放

段廷荣床头堆放的书籍杂志。

段村的好消息。

那一仗使武乡在八年之后恢复了明媚的天空。武东、武西再次合体，两个独立营也合编为“武乡县独立团”，也叫四十四团，开始了新的战斗。

战争年代，他还用他并不太宽厚的背，在纷飞的炮火中安置着一个个战友：在武乡一次战斗中，他把左眼负重伤的战友王锁成背往医院；“芹泉火车站战斗”中，把战友李银虎的尸体背到一里地之外的地方安葬；在河南伏牛山一次野战中，又是他，把右臂负伤的战友刘首如背进医院。

也就是在伏牛山战斗中，段廷荣左眼负伤，地点是二郎坪。

之后段廷荣在1949年4月的渡江战役中再次负伤。当时，承担着押船任务的他在靠岸激战中身负重伤，倒在船上时全身竟有五六处流血。待他清醒之后，已经是第二天中午，正被医生绑在一张桌子上做手术。这一次，段廷荣又因保卫渡江有功，荣获营团奖励，被上级批准升任连指导员。然而这个时候的段廷荣，却已经左眼失明，胸腔骨损。只好带了“二等甲级伤残”证，退伍还乡。

段廷荣的热血报国岁月，就在穿起军装的六年之后结束了。

回顾那战火纷飞的六年，他说除了奋勇杀敌，骄傲的还有从未断过学习。尽管时间少，尽管条件恶劣，他却一刻也没有浪费偶得的学习机会。

退伍之后，刚刚二十四岁的段廷荣被村里选为扫盲义务教师。他知道自己文化水平不高，于是一边教一边学。二十五岁开始，段廷荣就因优异的表现被选为松树庄行政村党支部书记。之后一路经历了乡党总支书记、人民公社工业部长、四清工作队长、党委组织与宣传委员等职务，受到县里、省里的多次表彰。

然而，段廷荣终究是受过重伤的老兵。1973年因身体多处病发，申请离休回家，年仅四十八岁。

不能工作了，也或许是空闲时间多了，他的脑子又时时被拉回到那些战斗的时光里，手榴弹忍不住就会在眼前呼啸而过，他的伤口便跟着隐隐作痛。那生命中最重要的六年，抹不去擦不掉。同时段廷荣又有些害怕，随着时间的流逝，英雄岁月会被一代代模糊，不再清晰。由此，他郑重地拿起心爱的笔，一点一滴，重新回到那六年的时光里。

重走，其实是把自己再一次扔进那个残酷的炮火纷飞的岁月，燃烧一回。许多时候，重提比经历更加疼痛。于是段廷荣常常回忆一阵，写一阵，叹一阵，疼一阵。

是一直在写吗？老人说不是，也是断断续续，因为记忆，不知道哪一天会开启。比如有一篇文章，是他七十九岁那年看到麦收时，突然想起。儿媳说，多年来，老人不知道用了多少稿纸。写完了不自信，又专门请人帮助整理。

问他草稿可在？老人说早烧了，因为放着也没用。

看不到老人的草稿，然而他一笔一画重温战争年代的身影，总在眼前晃动。

段廷荣或许不知道，以他的初小文化水平写出一本书，是多么了不起的事情。

今天，已经九十一岁的他依然坚持看书。他说不看书没事干啊。看书，也是想知道一些事。跟他走进卧室，眼睛所到之处有很多书，他的床上，随意扔着几本，分别是《山西老年》《家乡之音》，还有冰心的《繁星·春水》。

《军魂铸忠诚》一书的扉页，第一张照片异常醒目。八十岁的段廷荣穿着军装，戴着勋章，紧挨时任总书记的胡锦涛而坐。他说那是令他难以忘怀的一天。

那一天是抗战胜利六十周年前夕，2005 年 7 月 29 日。

一份纪念证

与老兵段廷荣的“二等甲级伤残证”一样，郑峪村赵千驹的家里，至今还保存着一张“二等乙级民兵伤残抚恤证”。

正如前面说到的一样，有些牺牲，不在战场，不在硝烟中，却一样悲壮英勇。

郑峪、张庄，与我出生的窑头村，呈三角形的依存关系，村与村之间的距离都在三里左右。村庄同样隐在山坳里。一路下去，可见高高低低几处坟墓。可我知道，曾经的烈士与英雄，已经没有了墓堆。

今天的学校，校门紧锁，曾经的乒乓球案台闲置在那里。村里看不到一个孩子。当年赶集看戏的戏台，也不见了。变成居民的房子。

“知道赵千驹吗？”

“怎不知道？我们都见过他！”遇到的几个六十岁左右的人异口同声。有热心村民便去寻找赵千驹在村里的儿子赵跃兴，不久便把他从一户人家里喊了出来。跟着往他家里走的路上，我们回到了1944年7月。

那个夏天，回天无力的日本人在武乡发起最后的疯狂。武乡的

赵千驹留下的唯一一张照片。(李晓斌 摄影)

人民,也在越来越近的胜利气息中坚定地继续反击,维护着自己的家园。郑峪村活跃着一大批民兵,早在1938年日军对我军进行"九路围攻"之时,郑峪村就有民兵帮助八路军抢占了有利地形,狠狠打击了敌人。而这一天,民兵赵千驹却在反扫荡中撞在日本人手里。敌人疯狂地利用最后的时间寻找着八路军,寻找着粮食。他们迫切希望,从每一名抓捕到的人嘴里探寻到一点儿信息。

赵千驹让他们如获至宝。一路押着,在临近中午时分走到赵墁坡村,到一家院子里找食物顺便休息,把赵千驹关在村里的油坊。与敌人周旋了多年的赵千驹深知,敌人在最后的日子里会越发丧尽天良。从落入敌人手里的一刻起,他就做好最坏的打算,或许会在这个庄稼落尽的日子里告别这片土地。

油坊屋子外面,站着两个人,一个肥短身材,满脸胡子,披一件黄色大衣;另一个则穿着伪军服,腰间还带着一把刀。赵千驹判断,应该一个是日军什么官,一个是汉奸。果然,两人一前一后进到他的屋子。日本人挥手,将守门的两个日本兵也叫了进来。

对方开口了:"你做什么工作,叫什么名字?"

赵千驹很干脆:"我叫赵千驹,青教会的,工作就是打日本!"

赵千驹痛快的回答有些出乎日本人意料,也庆幸从这么痛快的人嘴里或许会有收获,于是继续追问村里的民兵在哪里,有没有粮食。说完还威胁他，如果不好好回答就要他的脑袋。

赵千驹依旧爽快："不知道。"

日本人有些怒，却不甘心，换了语气，以好吃好喝许诺他，甚至还抛出给他一点儿权力等诱饵。至关重要的一点，就是说出这些，可以不杀他。

说，或者不说，就在他一念间；生，或者死，就掌握在日本人手里。

日本人马上就要投降了，赵千驹心里明镜一样。松松口，便会留一条生命。几年挣扎在苦水里的日子，就要熬出头了。不用站岗不用放哨不用东躲西藏的日子，就在眼前。

对方期待的眼神也齐刷刷投向他。他却冲着汉奸送上一句："你的话还不如放个狗屁！"

那一刻，他全身只剩下死的勇气。七年间，他见了太多的死。这其中，有八路军，有老百姓，还有亲人。一个又一个人，死在敌人的屠刀下，一汪一汪的血，在他眼前翻来涌去。

他听到内心撕裂的声音。他将这股劲积攒到骨头里，嘎嘣嘎嘣作响。日本人也听到了，不再期望什么，疯狂叫嚣着："八路！八路！"并指示手下的两个兵："割下他的鼻子他的耳朵！"

赵千驹挺直腰身，视线望向院子外边。只是一名普通民兵的他，将自己站成英雄的形象，咬紧牙，清晰地听着鬼子血淋淋地将他的鼻子与耳朵一一割下的声音。

终于，钻心的疼让他再也挺不住了，倒在地上无法动弹。

从头至尾，赵千驹没有哼一声。一无所获的日本人恨极了这名中国民兵的行为，看他还没有死，便又拿来斧子威胁："再不说，砍断你的脚筋。"

已经这样了，还怕什么？热血，就是在最惨痛的时候激发的。疼到几近昏迷的赵千驹，满脸血污里一双眼睛发出吓死人的光芒，话语却更加激昂有力："休想！"

赵千驹的二儿子赵跃兴。（李晓斌 摄影）

日本军官又羞辱又恐怖，大喊："快动手！"

利斧，高高举起。

那个午后，整个赵墁坡村，只有外村人赵千驹躺在油坊里。他的血从头流到脚，又从脚流向头。

血人赵千驹，在下午时分等回村里的人。

发现了他的人失声大喊。人们不知道，逃难的几个小时里，村里发生了什么样的事。

地上的血人，又是谁？

听到的村民跑到油坊，拨开血污，发现不是村里人。善良的村民流着泪，给赵千驹烧了水喂进嘴里。终于，坚强的汉子醒了过来，忍痛讲了他的经历。

"好好的一个后生呀！"赵墁坡村的人，忍不住为眼前这个外村小伙子痛惜。

赵跃兴说，村里人接到赵墁坡村的通知，跑去把赵千驹抬出来简单包扎了一下，四五天之后抬回村里。当时什么药也没有，就那样硬生生等着慢慢恢复。据当时抬他的人说，见到他时根本看不清模样，从头到脚全是血。

然而几个月后，坚强的赵千驹却挺了过来，可以拄着两根棍子出门了。日本人再没有来郑峪村，很快滚出了中国这片土地。上过完小的赵千驹此后到马家垴做了一段时间扫盲教员。因基本丧失了劳动能力，在地里一直看护牛羊。对于赵千驹的遭遇，县民政局也一直很照顾，后来修水库、修路，让他当事务长。

赵千驹的民兵伤残抚恤证。（李晓斌 摄影）

赵千驹婚后养育了七个儿女。二儿子赵跃兴说，由于父亲无法下地干活，全家加上奶奶一共十口人吃饭，从小家里日子就不好过。他十一岁就放羊，放了五年。后来大了之后，就开始到处打短工。他记得小时候队里分粮食，他家总是因为交不够粮钱而不能按时分到应得的口粮。

虽说艰难，却平安地又走过五十年。

1995年2月13日，赵千驹给村里一户结婚的人家当总管后回到家里，突然肚子疼。夜里近十点，把他裹在被子里放在平车上，几个儿子轮流推着走了两小时到了县医院，叫起值班的医生。医生诊断为胃穿孔。次日早八点上了手术台。但四十分钟后医生出来告诉家属,人怕是不行了。近一个小时后赵千驹被推出来,医生告诉他们人没气了。

说到这里,赵跃兴叹了一口气。

赵千驹去世后,县民政局给了安葬费。英雄的一生,至此画上句号。

赵千驹的"民兵伤残抚恤证"上,伤残等级为"二等乙级"。伤残描述为:"右足趾全失去,兼有伤筋骨。"而他领取抚恤金的日子,也戛然停止在1994年底。

1995年4月18日,民政局在抚恤证上写下"此证留作纪念"几个字。

赵跃兴的家里,放着一张母亲的大照片。问他为什么没有父亲的像?他说父亲就有一张照片,不过父亲在世的时候也总是觉得形象不好,就没有摆出来。

隆隆的机声嵌在受伤的脚中

那天，赵跃兴多次给我们描述着“右足趾全失去”的父亲，说他平时不仅行走不利索，关键是不能干重活。

是呀。如果活着，一只手，一只脚多么重要。

老兵王生怀，也是带着重伤过的手脚，走过七十多年。

见他，是2015年深秋的事。当时听力极差表述能力极差的他记得二野，记得15军，记得昆明，记得朝鲜，记得北京，更记得头顶轰隆隆随炸弹飞过的飞机声。

我却只清晰记得他当时手里的少半块馒头。

进门时，他背朝我们，坐在锅台边，在吃少半块馒头。那是下午四点。看到有人来，他急于想放下，便探过身子要把馒头放在稍远一点儿的锅盖上。这样一个动作，他颇费了一些力气与时间。

他叫王生怀，见面时，即将满九十周岁。

采访的十几位老兵中，他的当兵历史最长，从1942年到1954年，从十六岁到二十八岁，把十二年最青春的一段岁月交给了部队。他回到家乡的那年，土改已经结束，中国第一个五年计划开始实施，农业合作社热潮正在掀起。十二年后回到家乡的王生怀，眼前的情景与当年的满目疮痍有了天壤之别。

王生怀老人独自坐在下午的家中。

敌人没了影踪，当年的小孩子长成大人，亲人们老了，家也变了。我不知道再次回到村庄的王生怀内心是怎样的感慨，很想问问。

可是，他听力太差，几乎无法对话。

终于听清来意后，他说已经记不清当兵的历史了。然而后来核实，那天他讲的关键词都没有错。除了听不清，他的语言功能也丧失不少，许多话语已经说不连贯了。初聊一阵后，我已经决定放弃，想着只看看他便好。然而后来，从偶然可以听清的几个问题开始，他把话题在断断续续中坚持了下去。

王生怀生活的高仁村，在武乡县西部，故城镇东部。村子地势独特，东西有两道梁，南面有高仁垴，只有从西渠通往故城的一条大路，进可攻，退可守。因此在抗日战争时期，这里驻扎过115师徐海东、黄克诚的部队。那时候，总部就设在时任村党支部书记闫效修家，主要工作是筹集粮食、打造武器，以及宣传发动抗日。另外还有决死队、独立营、县政府、公安局长期在此驻扎。人们在这里边开荒种地，边寻机打击日本鬼子。独特的环境熏陶下，村里也培养出一批机智勇敢的民兵队伍，他们曾以十人特行队，顺利铲除了当地

王生怀老人居住的院子里堆放着收回家不久的玉米。

有名的日本走狗、大汉奸杨明德。

十六岁的王生怀穿起军装，带着高仁村民兵的精神走向战场。

从此，他被迫看到大片大片的尸体。

真想端起手中的枪，把鬼子一个一个扫出家乡，扫出中国。可是，那时候的枪支，质量实在不好，在武器上根本无法与日本人抗衡。王生怀说，枪本就少，用的还经常是别处淘汰下来的。地雷、手榴弹要多一些。与王生怀一样的中国军人，更多的靠一腔愤怒，靠着收复家园的决心与信心，让手中的武器变得威猛。愤怒与决心是出智慧的，数以万计的老百姓就这样，前赴后继放下锄头扛起并不先进的枪，一步步逼得敌人节节败退。

武乡的天空敞亮了，太行山里响起歌声。然而战斗的步伐，并没有停下来。

1947年，二十一岁的王生怀投身到第二次解放安阳的战役中，成为兵临安阳城下十万大军中的一员。从他零零碎碎的讲述中，我知道他起初是中原野战军第九纵队的一名军人。那年五月，冰冷扼杀了正欲弥漫的春意，他年轻却已经历了五年厮杀的脸冷峻地裹在破烂的衣服里，听着随时传来的号令。那个时候，他的听力极棒，甚至可以听到身边战友血液流动的声音。周围的一切都浸在寒意里，身体、血、空气都寒光闪闪。

打着打着，子弹就擦过他的头部。他说这是他第一次受伤。他也从未奢望过不受伤。在心里，无数次祈求别过早负伤。因此多少年之后，他一次次感谢命运，觉得在尸首中蹚过十多年，活下来实在幸运。

王生怀跟着 9 纵的脚步，打进淮海战役。1949 年全军整编后，9 纵成为第二野战军第 4 兵团 15 军，一路过长江，直下云南。

他清楚地记得，那个年是在昆明度过的。也记得当时的津贴是每月五毛钱，有时候两名战士分一元。香烟出奇的贵，买不起。

云南的风情，边陲的景致，全然没有感受到，全是炮火，全是硝烟。

王生怀所在的第 15 军，又挺进朝鲜。彼时，第五次战役正拉开帷幕。

头顶上的飞机好多啊，封锁着浩瀚的天空。王生怀第一次觉得浩瀚的天空竟然也会被管束。“连个麻雀也飞不过去。”他这样描述。

躲避，前进，在艰难中寻找着突破的一片空间。然而躲避着躲避着，头顶上还是落下了一颗沉重的炸弹。乘坐的汽车翻了，重重地砸在王生怀的身上。左手、左脚都受了重伤，当时便不能行走了。

热血变成鲜血。然而王生怀说，战场上受伤算什么？面对那么多死去的战友，受点伤又算什么？说着他弯腰想脱下袜子给我看看他的脚，他说骨头早已变形了，一直疼。费了好大劲，袜了终于脱了下来，我看到整个脚肿着。

第二野战军第4兵团15军，就是在上甘岭一战中打出了知名度。当时在火力劣势的情况下，15军集中了全部人力物力支援上甘岭战斗。整个战役经历了阵地攻防战、坑道战、炮战，打得精彩纷呈，也成为15军战史上前所未有的战斗。志愿军战史上著名的特级战斗英雄黄继光，就是在反击597.9高地战斗中牺牲的。

王生怀说，他没有打上甘岭战斗，但那是令他一生骄傲的一场战斗。

凯旋的15军，日后也被中央军委改编成我军唯一的空降军。

王生怀在朝鲜只有一年时间。按照他说的战争与所在部队，应该在1951年进入朝鲜，次年回来后直接到了北京。他在空军做地勤工作，到1954年退伍回家，那两年是他一生中唯一的一段北京时光。他说抗战胜利七十周年时组织老兵去北京，可他由于身体原因，未能参加。现在对北京的印象，是在电视里看到的。他说完全不是当年

王生怀老人所在村庄一角。

的北京了,换了模样。

他又说今天的生活多好啊,可惜年轻人都忘了从前。从前真是苦啊!我说那就好好活着,享受现在的好日子。可他叹息自己已经到了今天不知道明天是不是还活着的年龄,什么好东西都享受不动了,门也出不去了。

拿起手机,我给他拍了一张照片。他笑了,说当年打仗时战场上也有拍照片的,就是这样忽明忽暗地闪。

半个下午时间,除了我们在屋里与他大声说话外,院子外静寂无声。

一间窑洞,就是他的全部。

较当年不同的是,窑洞是新的,宽敞的,洒进屋里的全是阳光。

要走了。院中一阵秋风吹来。一头驴的耳朵顺着风贴在脸上。院里堆了一些收回来的谷子,告诉我们这里真正的主人正在庄稼地里忙碌。

天空很蓝。一架飞机从头顶飞过。回身,王生怀的脸映在窗玻璃上,笑里透出暖。飞机声,他已经听不到了。

返程的路上我在想,他是不是会继续吃那剩下的少半块馒头?聊天过程中,我不由得总去注意锅盖上那少半块馒头。我的内心,是觉得他不该在这个时间,只干吃少半块馒头。想起他的话:今天的日子好多了。

现在想来,在我心里长久挂着的那少半块馒头,是不是该放下了?

就像那轰隆隆的声音,已经永久嵌在他受伤的脚中。

新兵血染老槐下

王生怀还隐约记得当年高仁村铲除大汉奸杨明德的事。他也愤愤地说，如果没有汉奸，许多牺牲就不会发生。

被汉奸出卖最悲壮的牺牲，当数上司乡冀家堖村。

我小时候，从窑头村到上司村姥姥家，一共十六里地，步行两个小时。每每走到冀家堖村，便知过了一半路程。

一半路程的象征，便是那棵老槐树。它风雨无阻，矗立在冀家堖村边，以扭曲的身姿迎来送往。有时候，我们会靠着老槐歇歇脚，站在老槐下望望下面静谧的村庄。只是那时候不知道，老槐的心里，藏着血泪。

老槐对血的记忆，缘于一挺机枪。那些日子，老槐几乎天天听枪响，忽而远忽而近。可它不会想到，那一天，那一挺机枪，就盛气凌人地架在它的身边。老槐拨不动腿，吼不出声，只好玩命摇摆。

那是1943年农历五月二十五，正是麦黄季节。像之前每一天一样，太阳照常升起。

八十六岁的冀家堖村民魏晋文记得清楚，他说：没错，太阳出山了。那一年，他十二岁。那一天，他跟着家人刚刚从逃难的山里回到村里的花儿坡，但一阵激烈的枪声把他们又吓了回去。

八十六岁的冀家垴村民魏晋文(右)讲述当年惨案(左为武乡著名历史文化专家王照骞)。(李晓斌 摄影)

枪声就在村上边,老槐下,两个院中。这是两户抗日堡垒户,一是魏海棠,一是杨天中。极端残酷的情况下,他们以崇高的思想觉悟舍生忘死,保护着八路军战士。一次又一次,八路军在他们的院子里商定完一件又一件大事,转移了一批又一批战士。然而这一次,风声告急。老槐下机枪瞄准,两座院子已经被包围。

前一天傍晚,还风平浪静。宁静的冀家垴村迎来一批特别的人。他们一个一个,从老槐下经过,走进两座院中,洗漱、吃饭。来人由八路军769团郭排长带领,是二十名刚刚从河北涉县、武安等地招来的新兵。踏上异乡土地的第一夜,一颗颗年轻疲惫的心压抑着兴奋,也压抑着不安。他们认真整理好神圣的军装,抱枪入怀,以战士的姿态入梦。离别的、杀敌的、团圆的……真真切切、凌凌乱乱,他们做着一个又一个从百姓到战士的梦。

天明，他们第一眼看到这个异乡的新村。这是他们即将走上战场的新村，即将立下战功的新里程。

命令还未下达，枪声却响起。

小战士们下意识地抓起还未用过的枪。可是，一切都太晚了。日本人在汉奸魏黑山的带领下一早便赶来，把枪瞄向这些毫无准备的战士。

出逃的路上，布满枪口。老槐下的机枪，叫嚣着疯狂扫向这些稚嫩的身体。从傍晚到清晨，他们还没完全看清这个村庄的面容，便一个接一个带着满心遗恨，倒在血泊中。

远大的杀敌梦，止步于汉奸可耻的告密。

仅仅一上午光景，冀家堖换了天空。平静的空气中，汩汩流淌着鲜血的回声。这些战士，有的在院中，有的刚刚爬上茅厕的墙，有的止步于大门台阶，还有的倒在村中楸树圪洞。地点不同，姿态各异，然而那一颗颗年轻的心，多么想以飞翔的姿势，冲出这噩梦般的场景。作别父母，端起枪。他们渴望兑现承诺，战场立功。他们多么不愿意，这样不声不响丢了性命。

壮志未酬身先死，多少遗恨在心中。

魏晋文回忆，那个上午刚刚回到花儿坡的他们并不知道战斗是何原因，只在枪声里慌乱扭身，沿沟奔跑，跑下大河路，跑进邻村的四前沟。他说，那些子弹突突突打在土里，像爆米花一样沸腾着翻滚。与他一起并肩逃跑的本村一位女子，子弹就在那一天擦脸而过。魏晋文说即便伤了哪里当时也顾不得疼顾不得怕，百姓们常常血淋淋地奔跑。他记得小时候带着三弟弟逃难，两人高的台子都想也不想就跳下去了，哪里会考虑会不会摔坏。

“好好的年龄就是顾着逃命了，要不就大字不识一个？”想起之

冀家垴村边见证了惨案的老槐树。(李晓斌 摄影)

前问他的名字是哪个字,他说不知道哪个晋。后来又告诉我们,“不过后来看电视时人们说了,我就是晋中的‘晋’,也是晋城的‘晋’”。

聊天过程中,才知道正在做饭的魏晋文老伴腿上也有伤,也是当时逃难中被日本人伤的。“我娘也是,腿上挂过彩。”魏晋文说,“那时候实在可怕,太可怕。”

魏晋文还清楚地记得,那年他们逃难到四前沟时,之后还有两个穿八路军服装的人也逃了出来。其中一个腿上受了伤,被另一个扶着。

魏晋文他们是之后回到村里, 才发现这场屠杀是针对一群还未来得及走上战场的新兵,老人说:“唉,年轻兵们可怜的,有些听说连军装还没有穿上。”

从逃难点陆续回到村的人们,一具一具,将战士的尸体集中。整整十九具尸体,陈列在村中。老槐树高高在上,呜咽着左右摆动。

带领战士们进驻冀家垴的郭排长，算是有经验的人。当时，他随战士们从魏海棠家门口跑出，跳上邻家魏拴紧窑洞的房檐，保住性命。还有一名新兵，急中生智躲进魏海棠家的石仓内，幸运没有牺牲。他们俩，就是魏晋文说到的两个战士。

那位幸存的新兵没有想到，战争第一课，是让他亲手埋葬这些还未来得及携手上阵的新战友。

机枪扫射中，倒下的还有村民。魏磨锁、魏九锁、魏尔存三名老人送命，魏月胜、赵树珍、杨成兰等五人重伤，另四人轻伤。

村民将日本人扫射时的弹壳扫在一起，竟有两箩头之多。

抗日堡垒户魏海棠与杨天中两家，自然损失最为惨重。草房、窑洞全部被烧，甚至连给牲口吃的秆草也烧得一根不剩。而在灰烬深处，人们又扒出两具不忍入目的八路军战士尸体。

十九名战士，三名村民，二十二具尸体写在冀家垴村的历史

坍塌的门洞里便是当年新兵牺牲的院落。（李晓斌 摄影）

魏晋文夫妇，妻子腿上还残留着当年子弹划过的伤痕。（李晓斌 摄影）

中。村民回家，一张一张，揭下炕上的苇席，献给英雄。缺绳子，就找来捆麦子的高粱秆。村民尽最大努力，将烈士的尸体以最隆重的方式安葬，告慰他们远方的亲人。

抗战期间，冀家垴也是一片血染的天空。那年的二月初七深夜，三十岁的抗日村长徕永盛就因汉奸杨留中出卖，被日本人杀害。据老人们回忆，因得不到想要的信息，敌人残忍地把捅火的铁柱扎进他的腹部。自那时起，这一切就激起了村民杨天中心里的仇恨，村长倒了，抗日的决心不能倒。杨天中自幼家贫，从小给人佃耕，三十多岁才与寡居的姚爱香成婚。1937 年抗日战争拉开帷幕时，他有了长子；1939 年，生下次子。杨天中身强力壮，勤奋能干，农闲时跑扁担，农忙时种地。红红火火的小日子压不住他一颗对日本人愤怒的心。他曾远赴河北涉县索堡，以及黎城彭庄等地送过军粮，更多次为八路军引路，容战士在家中藏身。

一边生存一边帮助抗日，普通村民杨天中也熬到1944年农历九月。抗战眼看接近尾声，然而不死心的日本人却又来到冀家垴。那时候，秋天的玉米刚刚收回院中。杨天中一家四口裹在百姓人流中，逃往一个水涮圪洞。整整两天，他们住在洞中。然而危险还在靠近，无奈之下继续转移。路经的逃难洞内都住满了人，他们只好一路向东南走。杨天中知道，禄村麻斜坳驻扎着区上的民兵抗日游击队，靠近那里，或者更安全。没想到的是，就在他们逃至姚家庄、马家垴一带时，突然遇到日本人。

杨天中，就在这时突然脑后中了一枪，倒地再也没有起来。

堡垒户杨天中，就这样在抗战即将结束时突然丧命。妻儿束手无策，最后在姚家庄与马家垴村民的帮助下，用一块破门板将杨天中抬回家。

解放的号角，很快吹响。冀家垴村的老槐摇摆一阵，呜咽一阵。

到1950年，当年牺牲的十九名战士在此已经沉睡了七年。然而战友没有忘记他们。当时机智脱身的郭排长与另一名幸存者，幸运地看到中华人民共和国成立。他们惦着这里埋葬的战友，于是带领老乡专门前往河北涉县。九具战友的尸体跟着亲人回家。而剩下的十具尸体，或许是亲人也在战火中牺牲，或许是在战争中辗转失去了信息，就永远长眠在冀家垴这片土地上。

老槐依然在高处，遥遥守护着他们的灵魂。

山交沟的一九四二

英魂,遍布武乡的每一寸土地。那八年,日军在中国大地上肆意践踏,拆散骨肉,打散亲情。武乡这个古老的县,老县城被一把火焚烧之后,日本人又像主人一般强行进驻段村,把武乡被迫分为武东、武西两个县。兄弟俩你看不到我,我望不到你,长达五年。

故城,当时便属武西县,该镇的山交沟村当时是武西的抗日游击根据地,临近白晋铁路。

2008年9月,随着晋中市文物局工作人员在祁县刘家堖村发现白晋铁路遗址,这条十分重要、费尽周折、多方争夺、不断遭到破坏的山西较早期的窄轨铁路又出现在人们的视野。这条线是阎锡山政府1933年制定的“山西省十年建设计划”的产物,是指从祁县东观白圭村到晋城的铁路线,是省城通往晋东南的主通道。然而,由于白晋线设计修建时处于最激烈的战争时期,这条本可以很早就造福于山西人民的重要铁路,却从来就没有全线修通过。这条于1935年动工开始修建的铁路,在完成了从东观到子洪口十五公里长的一段后,侵华战争全面爆发。工程被迫于1937年秋天停工。1939年6月,占领祁县来远镇的日军中村中队惊喜地发现了这条中断的线路,于是调集中国民工继续向前拓展,三年后修至临近长治市的北面郊区，被日军称为“东潞路”，并很快成为其运送物资、掠夺资源、调动兵力的主干线。从此，“白晋线”成了沿线八路军和各种地方抗日武装锲而不舍的打击目标。线上也有了一批批“铁道游击队”，他们的任务就是撬下钢轨，然后由壮小伙们扛着开始长途艰辛跋涉，从来远山沟里钻到榆社，再从榆社到武乡洪水，再翻山扛到黎城黄崖洞兵工厂。一条条被拆下的钢轨，变成枪。

白晋线上的日军，不仅会常常面临重修铁路的尴尬，还会时时受到各种打击。

今天，许多村里还流传着一些故事当笑话讲：晚上，八路军召集周边村民拆卸铁轨然后一路传送到通往黄崖洞方向的村庄；第二天，日本人再强迫村民们从别处运来铁轨，修复安装。周而复始，许多村民便天天走在运送铁轨的路上，身心疲惫。村干部考虑到这一点，便把村里的劳力进行轮班安排，这样才有了倒替休息的机会。

山交沟村是八路军和决死队四连、七连、九连，以及武西独立营驻扎的地方。这个村有一支出色的民兵队伍，始终配合决死队开展工作。1942 年秋收后，南沟日军在狮则沟抢粮。这个消息传来后，决死队四连迅速集结山交沟、茅庄等村的民兵，在抢粮队返往南沟途中，在北涅水村南狮则沟门口阻击，只用两小时战斗，毙敌十四名，生俘三十六名，二十余辆牛车一百多袋粮食全部被夺回运往山交沟，藏在山交沟村东山头的清代文昌塔下。

发生了这样的事，人们知道敌人一定不会善罢甘休，于是白天生产，晚上外出躲避。二十多天过去了，没有动静，不少人便回到家里睡觉。没有料到，在农历十月二十三这天来了报复的日军。那个黎明，驻扎在镇南沟据点的日军集结白晋铁路的兵力，星夜包围了山交沟。他们一来夺粮，二来寻找八路军与民兵。

山交沟村八十一岁的李景珍老人讲,八路军其实之前就转移了,粮食也带走了。那时候,他的父亲是民兵。因母亲早逝,父亲把他托付给村里一个老婆婆。凌晨时分,放哨的人就发现离村七八里外的狗叫声异常,感觉会有情况,当时便回到村里向民兵队长李行成汇报,还顺便拐进家中告诉了父母。据说父母还怪他:不好好站岗回家来干吗?然而天刚麻麻亮他返回哨岗的路上,发现高处有个人影在晃动,一叫,对方一枪把他打死。父母的责怪,成了与他最后的告别。

山交沟村八十一岁的李景珍老人讲述当年惨案。(魏红胜 摄影)

枪声惊醒了村民。六岁的李景珍也被照看他的老婆婆一把拉起来拖着就往寨沟跑。但他们很快被对面坡上的日本人看到,于是朝着他们一顿扫射。他说跑的过程中老婆婆或许是近距离看到了敌人,于是迅速把他按倒在地上并护在自己身下。几乎是同时,一颗子弹呼啸着下来打在眼前的一块石头上,之后砰地蹦起来飞向后面一个妇女的身体。年幼的李景珍不知道发生了什么事,只看到一个人受伤倒下。

找不到八路军又找不到粮食的日本人疯狂地把怒火撒向村民。民兵队长李行成及民兵李赖小也在突围中牺牲。抗日村长李秀华被敌人抓走,听说村长会一些武功,打伤了几个日军,因此被残忍地挖去眼睛,割掉舌头再用乱刀刺死。塔底洞口的十三名群众被敌人杀死十二个。据在县政府工作的老干部、山交沟村人李银尧回忆,有个不到十岁的女孩看到她妈妈被杀时,一口咬住敌人的手,之后被两个日军拉住两条腿生生拽死。那一次,李行成一家八口被杀七口,只有媳妇回娘家逃过一劫;李书林全家四口被杀三口;李银尧的六爷、九爷被杀;李藏英等六人被杀。山交沟村这次惨案共杀死三十八人,受伤十三人,被抓走六十多人,烧毁房屋七十多间,抢走耕牛羊群二百余头(只)。

当时,山交沟村三百多户人家全部姓李,家家有人被杀,整个村庄阴云笼罩。

"日军占南沟,杀人如割草;血染山交岭,山交沟是铁证。如果你不信,山交沟去打问。"

事隔七十多年之后,我以这样的方式打问到幸存的李景珍老人。多年之后,记忆虽然不再清晰,却依然深深存在他脑海里。他说第一次,日本人是骑"洋马"来的,那天他跟着母亲在村里一户人家玩,对闯入村中的陌生人丝毫没有害怕的概念,还在母亲的腿间一圈圈转着玩;第二次日本人进村,把妇女儿童集中在树下,不知道讲些什么,还给孩子们发些糖;第三次就是1942年农历十月二十三,让他一生难忘。

段村解放了,日本人灰溜溜撤了,中华人民共和国成立了。李景珍也熬过他苦难深重的童年。山河一地破碎,家园一片狼藉。好在,他可以不用逃了,他可以走进学校坐在教室里了。与许多因穷困上不起学的孩子相比，李景珍是幸运的。1950年，十四岁的他从武乡第三高小毕业，正茫然不知做什么之际，校长给他写来一封信，告诉他国家正在征兵。李景珍说当时根本不知道是要去抗美援朝，就那么穿起军装，成为中国人民解放军铁道兵8503部队——号称铁3师的一员战士。老人说当时第一站到达太原，很快又去了北京丰台，一边训练一边负责后勤物资。不久他们接到任务，就是给朝鲜运送物资，一个班押运一辆车，送到新义州后即返回。1952年结束给朝鲜的运送物资工作，回到北京军区后勤部营房，地点就在北京西四丰盛胡同32号；1957年随部队到了福建漳平，修建鹰厦铁路；1959年冬天又到了湖南，之后转至江西抚州，在森林里砍伐木材，搞建设；1960年部队转至内蒙古乌兰浩特，给总后勤部生产粮食，开荒种大豆；1964年7月，回到武乡，到武装部交了档案。他说武装部领导当时也承诺给他找工作，不过回到村子正赶上搞社会主义教育运动，村干部便让他帮忙，从此便一直待在村里。

老人不紧不慢，一步一步细致严密地给我讲述着他的经历，没有一句重复的话，也几乎没有停顿下来想。

李景珍所在的铁道兵部队在抗美援朝期间立下了汗马功劳，当时志愿军铁道兵积极抢修，抢建铁路、桥梁，使铁路运力比战争初期提高了7.5倍，保障了“钢铁运输线”的畅通无阻。前后共有1136名铁道兵官兵英勇牺牲，2881名官兵负伤，涌现出杨连弟等一大批英模，1.21万人立功。

美国空军发言人曾这样感慨：“在差不多一年的时间里，美国、南非、澳大利亚和其他盟国飞机一直在轰炸共产党的运输系统，但朝鲜仍有火车在行驶……坦率地讲，我们认为他们是世界上最坚强的建筑铁路的人。”

李景珍老人在孙子的搀扶下执意送我们出大门。

今天，我面前这位坚强的铁路人并没有诉说他们当年的艰辛与荣耀，只是简洁而清晰地告诉我他的经历。

“现在给待遇吧？”

“给，每月八九百。”老人说，“优抚待遇，一年下来有将近万把块。”

离开时，老人执意要起身相送。一直站在身边的孙子扶起爷爷，送我们到大门口。挥手间，军人风范犹在。

挂在塔尖上的记忆

李景珍的身影，瞬间将我拉回到2015年10月，我在县城见到的另一位老人——八十八岁的郝生荣身上。

郝生荣1944年走进军营时，今天的县城段村还被日军占领着。那时候，段村还不是武乡县城，县城在今天的故县，当时叫南亭川，是公元491年由榆社县北的社城镇迁来的。然而1938年4月日军“九路围攻”前，一把火焚毁了这个有着1457年悠久历史的老县城。据老人们回忆，老县城属于“龙兴”之地，有东西南北大小河流汇集于此，也是后赵石勒皇帝的出生地。经一千多年发展，十分繁华，商铺林立。然而一把火之后，这里几乎被夷为平地。1940年6月，日军又占领了距离故县仅7公里的段村镇。从此，武乡被迫以段村为界，分为武东、武西两个县。武乡县委、县政府搬入大有乡王庄沟。1945年8月25日段村解放后，武东、武西于9月份合体。县委、县政府又搬回故县寺背后，一边工作一边修复房屋。但因全部是残墙断壁，难以修复。1947年6月，在晋冀鲁豫中央局召开的各县领导干部代表会上，武乡县参加会议的代表根据上级领导的意见，提请将武乡县委、县政府及所属机关迁至段村，定段村为县城。7月，决定了县委、县政府与段村解放完小互换场所，地址在段村玉皇庙。1951 年 8 月，中央老区慰问团团长杨秀峰将旧县城南亭川改名为故县。

郝生荣的军营第一课，便是在当时的敌占区段村的枪林弹雨中度过的。这个古城，残留着他别样的青春血泪。

见他那天，段村阳光灿烂，风和日丽。既有上班族匆忙的脚步，也有一排一排的老人靠在墙边的暖阳里沐浴着晚年时光。县城的包容心总是很大，把都市与乡村的多元化潮流融合得行云流水。

如约去到郝生荣住的儿子家，却不见他。儿媳说，刚刚还在，怎一转身就不见了？

之前想着，一位如此高龄的老人家，一定在床上躺着。于是一伙人兴奋地出门寻找，竟没有。儿媳边自语奇怪，边问胡同里坐着的一圈老人，她们指着下面的马路说，转过去就看到了。

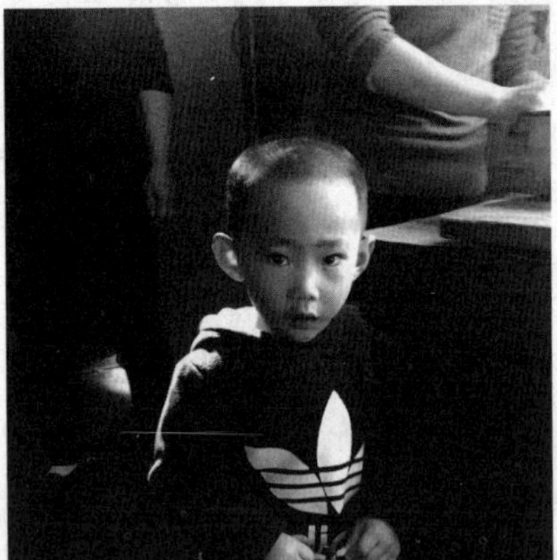

采访中，郝生荣的重外孙一直在屋里玩耍。

果然，就在我们来时经过的马路转角处，一个超市门口，郝生荣拄着棍子，与另一位同伴并排靠在墙边。同伴不时在他耳边说着话，他却似乎心不在焉，眼神更不时盯着远方，出神。

远方，他的目光尽头，一座塔尖，矗立在四射的光芒里。

我知道，那个塔尖上，挂着他满满的记忆。

塔叫千佛塔，耸立在县城

中心宝塔广场中央，镇定着一代又一代武乡人时而涌起的一颗颗或狂躁或不安的心。千佛塔原为古段村镇东门外净业庵遗留建筑，传说是当初的名和尚阎福江主持修建，被武乡人称为阎师父的阎和尚，俗名阎福江，字洪润，广平府飞翔县(今河北省肥乡县)烈马台村人。他三十二岁出家在五台山修炼，后外出云游到武乡，先住在长庆庙，后移居净业庵。据说他通天文，会医术，能随手折枝摘花草给人治病，深得乡民的尊敬与崇拜。为修建这座千佛塔，他从清康熙三十八年(1699)开始，到康熙四十九年(1710)历时十一年辛劳建成，为武乡留下一处重要的历史文物。

千佛塔为砖石结构，共十三层，高 31.5 米，塔体为锥形空心体砖石结构，八角攒尖顶；塔内层与层之间有木楼梯相通，每层皆放置有形态各异的佛像；八面砖墙之上，皆有各种佛经故事浮雕。因塔内佛像众多，故称为千佛塔。塔外以围檐做界，每层的八个塔角上均吊有风铃。当清风拂过，铃声叮当，悦耳动听。塔的顶部有金属、玻璃组成的插花朵叠的皇冠顶戴，顶高约两米，和整个建筑浑然一体。天气放晴时，顶戴金光四射，耀人眼目，颇为壮观。顶层正中垂头柱传说是老佛爷的铁胆铜心，有“摸一摸铁疙瘩，能活九十八”之说。千佛塔底层外部、北面塔壁中间雕刻有“清康熙四十九年建”字样。

登上千佛塔，武乡县城全景即可收入视野中。

然而 1945 年，这塔几乎被毁。1940 年夏天，日本人在段村安下据点后，繁华古镇段村就成了阴森恐怖的人间地狱。城墙上修筑了密集的射击孔，四角的碉堡高高耸起。日军不仅占领了段村镇，把千佛塔当成重要的工事建筑，在城外还设了多处外围炮楼，其中以王家垴碉堡尤甚。它处在段村西北部笔直如刀削的山上，拔地而

1945 年解放段村后，李达率队在千佛塔下庆祝。

起，耸立在高高的山峰之上。日军的一个加强连屯集在这里，居高临下，以凶猛的火力封锁着进入段村的我方部队。

古老的千佛塔，被困在古镇望眼欲穿，默默等待着亲人的到来。

旧时的千佛塔，充满着一个又一个神奇的传说：有一年，一个小伙子登塔玩耍，不小心从第八层上掉了下来。就在大家都觉得他必死无疑时，他却从地上站起来，拍拍身上的尘土无事人一般离开了。

对于千佛塔，郝生荣的记忆也总是停留在从前。对于眼前的县城，也是。正是他风华正茂的那几年，这里却不是自己的，整整五年。那时候，郝生荣与战友们沟上岭下，雪里泥里，为的就是抢回属于自己的家园与土地。他叹，可惜咱的武器不好，有时已经瞄准了，枪却打不响，干着急。后来打了几次日本人，缴获了一批好枪，都是三八式，戴盖盖的。

好枪毕竟不多,却越缴越多;自己的武器虽然不好,却越磨越刚。随着战士们坚韧的脚步,一寸一寸收复着自己的土地;一步一步逼得敌人节节败退。

1945年8月25日晚上,战士们逼进段村,逼到千佛塔前。

坚固的古塔,成了敌人负隅顽抗的唯一筹码。

千佛塔内的四十名日军岂肯善罢甘休。他们已然把这里当成自己的家,尽管他们在坚固的塔内,还是清晰地听到越来越密集的战火,听到中国人民欢呼抗战胜利的声音,就要走到尽头的他们,开始了可怕的垂死挣扎。

外围的王家垴炮楼,正被769团二营一部发起攻击,新兵小王憋着一股气,一连投完放在箩筐里的手榴弹,看着敌人一个个被炸得血肉横飞。然而就在他乘胜再取弹药时,却被一颗流弹击中胸部。周围的战士清晰地听到,他十八岁的热血汩汩流在绿草如茵的山坡上。

随后的呼啸排山倒海:31团一营奇袭城西主碉,决九团占领东村山,突击排一连二排在烽烟战火中搭梯登城。日军的抵抗也是前所未有的,我方云梯被打断,城下遇火力封锁,甚至凌空投下燃着火光的被褥……

天怒了。一场倾盆大雨,随着轰隆隆的巨雷声于次日凌晨倾泻而下。雨水、血水、泪水、汗水、泥水,郝生荣说,这些通通都被扒开,只将敌人聚在视线里。

同仇敌忾下,青纱帐也甘愿做战士的掩护屏障。8月的高粱,高高挺着脊梁,像一个个无声的战士,收纳着积蓄力量的英雄儿郎。尽管伤亡不小,我方还是连续攻下王家垴碉堡,攻破南城墙地,冲到千佛塔下。

有一个事实，极其过瘾。那就是1938年春天日军到达武乡后，一架飞机曾飞过段村镇上空，投下八枚炸弹。七枚都爆炸了，其中一枚落在村里，将一位叫葆朴的老人的房子炸坏，老人头部炸伤。只有落在千佛塔塔座旁边的一枚没有爆炸。当鬼子的飞机随后向中央军行走的方向飞去时，不知什么原因突然掉了下来，落在离段村不远的东黄崖，连机带人烧毁了。人们都说，那枚投在千佛塔旁边的炸弹，是被阎和尚捻断了信子。阎和尚又怕飞机再伤害千佛塔，就登上塔顶，用一根牛皮鞭子对准飞机挥鞭一甩，把机头给打掉了，所以鬼子落了个机毁人亡的下场。

此刻，神奇的阎和尚，是否与战士们一起，凌空高高俯视着这血与火的战场，随时准备再次挥鞭护古塔？

塔里的日军借助地理优势，用轻重机枪疯狂扫射，让我军想要靠近塔的愿望一次次落空。

作为769团一名战士，郝生荣的记忆总是不由得停留在塔下。抬头，密集的战火迎头射来，眼睁睁看着几个攻塔的年轻战士倒在塔下。

万般无奈，八路军决死第九团请求，调重炮，轰击千佛塔，保证不用两响，就让塔内的敌人粉身碎骨。郝生荣承认，那个时候，杀红了眼的战士们都忘了塔，更忘记阎和尚当年倾尽全部精力的不易。是呀，血肉之躯都敢顶在枪口，哪里会考虑到一座无声的塔？

"那时候，我们也不知道塔的重要。"郝生荣说的是实话。这些被从田间地头直接拉上战场的人，哪里会知道一座塔对于后世的意义？他们心里想的，仅仅是夺回家园，赶走敌人；仅仅是可以重新回到自己的土地上，日出而作，日落而息。

这样平凡的日子，是那时的奢望与梦想。于是，郝生荣每每坐在街边，望着街上川流不息的车辆与人流，再一抬眼看到空中的塔尖，脑子里就会急速回荡起一些人，一些事，也总会不由自主地长叹一口气。有时候，与他在一起的同伴问他缘由，他也是轻轻一句：说出来，你也不会懂。

没上过战场的人，自然不懂他们多年掩着的心事。

诸多心事里，有一桩，一提起就伤感无比：可惜了那些“响马”。

看我惊异的眼神，他说“响马”不是你理解的那个意思，是真正有本事的人，是八路军特务营的人。是的，“响马”一词，古指拦路抢劫的强盗，但也有人把“响马”作为英雄好汉的代名词。比如，唐代开国功臣、现在被当作门神供人膜拜的秦琼及瓦岗寨好汉就是“响马”出身。

在郝生荣之前，我从未听说过将八路军称为“响马”。不过八路军 129 师的主要下辖部队除 385 旅、386 旅外，确实还有特务营、工兵营、骑兵营等多个留守部队。从他嘴里，我了解了当时被他们称为“响马”的这些好汉。郝生荣说，他们能从空中走，每人都配着手枪。我想，他说的从空中走便是所谓的“飞檐走壁”吧，他说就是。那些人抓住房上一根椽一晃就上去了，与《西游记》里的孙悟空一样。

可惜，我多方寻找资料，也没有看到有关特务营的资料。倒是看到一些文章，说的是红军特种部队特务营的事，说他们个个都身手不凡，以一当十，配备都是清一色的德国造短枪，行动时来无影、去无踪。红军时期特务营的主要工作就是深入敌占区取得情报和枪械、粮款，百十里路几袋烟时间准到，而且经常夜间作战。后来，中国人民解放军大将徐海东说：“你们特务营就像是豺，白天不请夜晚来”。这些琐碎的资料证实了郝生荣的说法，抗日战争时期的

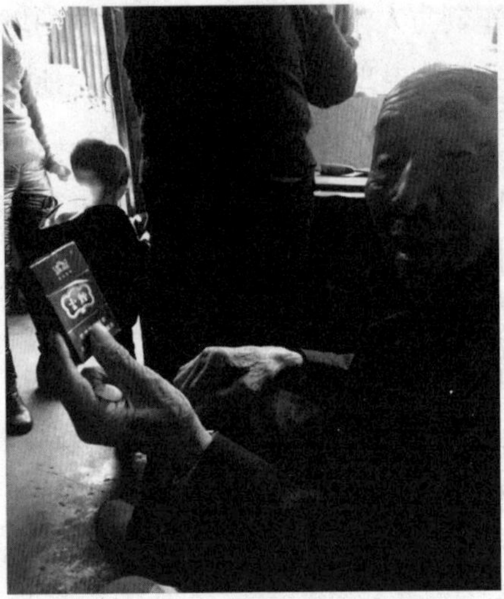

采访时，郝生荣说这样的烟他两天抽一盒。

特务营，一定是原来这支特种部队的延续。让郝生荣至今仍然叹息的是："可多牺牲了那些好功夫的人了！""应该咱死了把人家替下来，咱的命不值钱！"

郝生荣一次次说起特务营的人，也是因为那个塔尖。他说一看到天空，就想到那些"飞人"。那时候，作为普通一兵，他是多么仰慕那些神一样的人。战争中，一些不好克服的困难，往往特务营出面即可解决。比如当初打胡峦岭，一个炮楼，迟迟打不下来，因为炮楼里除了四五十个日本人还住着老百姓。日军的一挺重机枪就在百姓窑洞里安放着。几番攻击无果的情况下，请来能飞檐走壁的特务营。郝生荣说根本没看清他们怎么上的炮楼，反正最后在日军住的窑洞里成功安装了炸药，敌人全部死在被炸塌的窑洞里。

他说当时与千佛塔内的日军对峙时，脑海里就闪现出特务营。

英雄跃上千佛塔，是不是极其具有科幻性？

而千佛塔，在调动特务营之前突袭成功。

郝生荣说当时在无奈的情况下，"就打算把塔糟蹋了"。然而，让四十名日军陪葬三百年的古塔，还是触动了军中高级将领的心。

日军或许也觉得，八路军不可能轻易炸毁古迹，于是蜷缩在塔中，侥幸寻找最后的生机与突破。

对于决九团调重炮的要求，太行军区司令员李达没有答应：“千佛塔是文物古迹，各参战部队务必好生保护！”

军令如山。于是将千佛塔全面围困。郝生荣说整整五天，断了日军的吃喝。在敌人战斗力大大削弱的情况下，战士龚金来、张顺瞅准机会，冒死利用射击死角绕道冲进塔内，高举手榴弹，迫使躲在塔内的日军重机枪班全部投降。

那一幕，有资料这样描述：只见一个战士，瘦高个儿，腰里别着一枚手榴弹，东绕西转，躲过敌人的火力网，敏捷地贴近塔下，然后一个鹞子翻身，便跃上二层，又像猴儿一样爬上三层、四层，一直到达十三层……

这身影，岂不是郝生荣念念不忘的“响马”？

夺回千佛塔后，决九团又乘胜抢占了伪县公署，打击了龟缩在城东北角炮楼里的日本鬼子，粉碎了日军指导小队“武运长久”的妄想。

无事时，郝生荣总是坐在一个超市门口，与另一位同伴并排靠在墙边。同伴不时在他耳边说着话，他却似乎心不在焉，眼睛更不时盯着远方，出神。

高高耸立的千佛塔，重新映射着太阳的光芒。这一战，被距八里地之外的当时太行文联主任、武乡本土作家高沐鸿全程目睹，他即兴写下诗篇《攻塔》：

郝生荣灿烂地笑着，一迭声说着“老了”。

撤围沁县打武乡，
段村敌胆闻风丧，
一撮活尸僵塔上，
想和那千佛古塔共存亡。
炸不得塔呀开不得枪，
下命令者是诸位首长，
炸了高塔呀灭古迹，
不打鬼子又留祸殃！
英勇战士显奇能，
攻进塔内迫使敌人交了枪。

阎和尚的笑脸，在阳光里若隐若现。

随着段村的解放，1945 年 9 月，五年前因日寇侵略而被迫分割为武东与武西的两姐妹，终于再次合体，相拥而泣。这座耸立着神奇千佛塔的古城，也在两年后成为武乡新的县城。

千佛塔，也除去束缚，含泪高高舒展在它深爱的土地上。

直到今天，直到永恒！

说起当兵，郝生荣说有些稀里糊涂。他说自己十六岁就结婚了，妻子与他同岁，可是他不知道，妻子竟然早就是共产党员。那时候妻子和战友们经常在深夜辗转各村开会。有一次让他也去，他就去了，十七岁就穿起军装。他说他不怕打仗，因为喜欢枪。直到今天也非常想拥有一支枪。郝生荣说，战场上有人害怕，但是军令如山，让你在上面一块地打就不能到下面一块地。他亲眼见过一名在高处的战士因为对方火力太猛而害怕，跳了下来，当时就被他的上级击毙了。

1945年，郝生荣在屯留老爷山战斗中左腿受伤。他说现在里面还有子弹残留。当时没有条件做手术，后来想做时，医生说弹片已经卡在骨头里了，不好取。他说现在就是看天气，除天阴下雨发痒外，有时候会肿得很粗。复员回来后在村里当了十五年队长。“当队长也受累呢，自己得领头干。”

2015年抗战胜利七十周年，他与其他四名武乡老兵去天安门广场参加了阅兵仪式。他说北京就去过这一回，非常高兴：“可好呢！看看北京那宽马路，国家领导人真是了不起！”

我要走了，郝生荣不忘马路边叮嘱他“快点回来”的同伴，也随我出来。他拄着棍子，拖着受伤的左腿，一路走一路要抢过我手里替他拿着的坐垫，直到我坚持把他送回依旧在等待他的同伴身边，他还是很抱歉：“不合适，叫你替我拿。”

扶他坐下，与他告别。

他目送我过马路，上车。

之后，目光重返塔尖。

采访结束，郝生荣还惦记着马路边超市门口等他的同伴。

我在对面，你却看不清

目光挂在塔尖的郝生荣也许不再记得，当年从部队回乡时，与他一路同行过的赵松秀。1945 年，两人同样带着八级伤残，回到家中。

赵松秀说，当时伤兵们作别部队，在左权办完第二次手续回到武乡境内时，身边只剩下两个人。步行百公里一路回到家乡，赵松秀再也无法保持沉默。他主动开口，各怀心思的三人才有了交流。他说其中一个，就是与他同属蟠龙镇的龙湍村人郝生荣。

赵松秀老人是我第六个走近的老兵。像之前的五位一样，我在坐定后拿出手机：大爷，我们俩拍张照片吧。

每个老兵，只要在镜头里看到自己，笑容就灿烂无比。与我的聊天，也会畅快起来。

然而很诧异，我没有看到他在镜头里绽放出哪怕一丝笑意，这与前面几位老兵的表现大相径庭。

我把照片举到他面前，没想到他说：我看不到。

一点儿都看不到？他说几乎看不到。“就连你也只是一个轮廓。”但他很快补充，“可我知道你在对面。”

不知为什么，这话在我心里暖一阵，酸一阵。

英雄就在面前，他却看不到我。

赵松秀老人在讲述曾经。

赵松秀老人的听力也很差，但交流是没想到的顺畅。他几乎是一口气给我讲述了从当兵到退休的全部经历，很少有重复。这缓解了过程中我不知该如何使用自己表情的尴尬。

赵松秀老人所在的武乡县蟠龙镇大陌村，是一个抗日英雄村。1939年11月底，抗大一分校留守大队从壶关县神郊村来到大陌村，驻扎在村西的刘新发家。今天，当时上课的二楼土墙上还可以清晰地看到当年学员留下的字迹："团结紧张活泼，严肃我们作风。""提高文化，学习技能，加强政治，掌握技术。""培养技术人才，支援前线胜利！""决心、耐心、细心，认真才能学得东西。""克服小孩子气，贪玩要闹不务正干。"

那时候，大陌村的妇救会主任是史改转，抗大一分校的三位女学员就住在她家东窑。

那一年，赵松秀十八岁，正是青春年少的壮小伙。不过那个时候，他只是一个有着五年放羊经历、大字不识一个的穷小子。他一定不会知道，生养自己的山村正悄悄发生着历史性转变。他说当年抗大学员训练的地方就在他家西面的场上，唱歌、喊口号的声音经

赵松秀老人生活的村庄一角。

常传进他的耳朵。然而他每天做的事依旧是带着一群羊，在村里的坡上岭下觅食，一直到二十三岁。

连羊都放不成，是因为日本人全面入侵。1941 年底，侵华日军占领武乡县城后，一股日军也驻扎到蟠龙镇，勾结当地的汉奸和伪军在各村烧杀抢掠。赵松秀家的西房，也被鬼子烧了。而史改转更是因了在这一年亲手掐死一个日本兵，成为太行山上响当当的传奇女英雄。

这些事，村里的赵松秀当然听说了。但 1944 年部队在村里扩军时，他却没有参加，就是因为对打仗的恐惧。然而八路军 129 师 769 团在次年再次扩军时，他没有再犹豫，放下镢头穿起军装。

赵松秀的镢头，一放就是几十年。他更加没有想到，来自镢头的恐惧不是地头，而在战场。

赵松秀与大多数老兵一样，战争的培训老师就是血淋淋的刀枪。他随着上党战役帷幕的拉开走上战场，攻克屯留、潞城，解放长子、壶关……一路打，一路看到敌人被俘。那几天，他记得吃了几顿煮小麦，铺盖卷也顾不得扛，跟着大部队走走停停，不分昼夜。

太阳落下去，又升上来；雨停了，太阳再出来。天空一直在变，战斗却不停止。

赵松秀说自己当初丝毫没有战斗经验，是所在连队的指导员一直照顾着他，一路让赵松秀紧紧跟随。

走着走着，赵松秀跟着队伍走进一个村，走进一条沟。

赵松秀说的是屯留县老爷山战斗。如果没有错，他当时处的位置应该是磨盘垴，一道东西长五公里的山梁。而他参加战斗的时间，应该是 1945 年 10 月 2 日至 6 日，这里是当年上党战役的主战场。

天快明时，口令起，攻击开始。敌人在上面，他们在下面，子弹在一片一片土地间飞来飞去。太行山的天空，下着瓢泼大雨，更飘着密集的弹雨。初次扛起枪的赵松秀，也在枪林中被迫积累起经验，克服恐惧，明白了一个战士的真正含义。

勇气之门一旦打开，便不会再关闭。我军密集的战火打退了敌人。又是一次胜利，他再次欣喜地看到俘虏们举起双手，把手里的枪一支支扔在脚下，四五十个失败的背影无奈地被押解着撤离。

赵松秀至今都觉得，自己是幸运的。刚上战场，就接连看到敌人如此近距离缴枪。他发自内心希望，跟着指导员，就这样一直战斗下去，看到更多的鬼子在眼皮子底下投降。

然而这一仗之后，他却没了机会。俘虏的鬼子被押走后，指导员指示他及另外两名战士，往前一百步，挖一条战壕，准备下一次战斗。三位战士的心情是欣喜的，脑子里不时闪烁着敌人被俘的场景，挖掘的进度非常快速。

挖着挖着，天亮了。

光明，在战争年代是一个很糟糕的东西。这一天，赵松秀便被光明所害。三位挖战壕的战士被上面的鬼子发现，向他们开了枪。

这一次，是他倒在鬼子眼皮子下面。

子弹深入肉体，疼痛一定撕扯着骨髓。没想到赵松秀说，根本不是那样的。鬼子的一枪，当时打在赵松秀的胳膊上，他并未觉得疼痛，他甚至不知道自己已经负了伤，不知道子弹已经进入自己的身体。他说“只以为被镢头捣了一下”，直到战友看到他流出的血。

关于刀枪的疼痛，赵松秀是第二位告诉我真实痛感的人。第一位是在山西做茶叶生意的一位福建朋友，2000 年初，他在太原街头肉身挡刀，成为一位受人尊敬的“见义勇为”英雄。记得那天为我描述利刃扎入身体时，只是瞬间冰凉的感觉，而不是人们通常说的痛感。因此当赵松秀老人向我描述子弹进入他的胳膊时，我信了他“被镢头捣了一下”的感受。我没有问他穿军装前在田间劳动是不是被镢头捣过，可我知道农民一定懂得被镢头捣一下的滋味。

“被镢头捣了一下”的赵松秀因此离开战场，在长治市郊区黄碾镇的安居村一处庙里治疗了两个多月。

胳膊伤了，不能再扛枪。于是出院之后，他与当地所有的受伤士兵一起，从黄碾，辗转潞城、黎城、河北涉县，往东北、再南拐，最后到达一个村子。在这里，阵容强大的伤兵让他震惊。那些天，他与陌生的战友一起，在各种伤，各种痛里聊经历的战事，聊各自的故乡与亲人。聊着聊着，从一个门里聊出一个颇具气势的人。经介绍，他们才知道面前这位便是当时华北晋冀鲁豫边区政府主席、后来成为北方大学主任的杨秀峰。杨秀峰看着受伤的战士，肯定他们受的苦，耐心给他们讲当前的形势。伤病虽然让他们上不了前线，但政府会给他们抚恤金，让他们放下思想顾虑，安心回家。

伤兵们含泪作别部队，告别战场，踏上回家的路。赵松秀记得一路上办了两次手续，一次在河北涉县，一次在山西左权。战争虽然纷乱，程序却规范。伤兵们带着军人的名分与伤残证明，踏上回家路。

赵松秀老人所在村庄一角。

开始的队伍很庞大，称得上浩浩荡荡，这些在战场上彼此不相识的人，结成特殊的战友群。然而他们毕竟是伤员，听着身后的枪声，想着渺茫的家乡，彼此并不多言语。

他们不知道，海拔1226米的老爷山顶主峰上，那座莲花舍利塔上弹痕累累，大大小小的弹洞留了百余个，记录着他们带伤离开后的惨烈与悲壮。

远远地，他们还会时不时向着老爷山的方向驻足遥望。想一想，与自己并肩过的战友是否安好是否可以继续扛枪。

伤兵们磕磕绊绊，一路走一路分别。有人打声招呼，有人只低了头，换一条路继续沉默行走。

庞大的队伍，渐渐零落。

赵松秀说,看着越来越小的队伍,他几次心生酸楚。这样的疼痛,甚至胜过他受伤的胳膊。走着走着,就散了。赵松秀向着家乡的方向,不停地在心里重复着这句话。

走到最后,除了同镇的郝生荣,还有一个是监漳镇下北漳村人,叫暴步云。郝生荣与暴步云的伤均在腿上,三人一路走,一路回顾着受伤时的情形。

时间流过七十年,我感慨赵松秀老人强大的记忆。

巧的是,我恰恰在赵松秀之前见过郝生荣。一路从河北涉县同行回来的两位老兵在采访时身体同样健康。想到手机里有郝生荣的照片,便兴奋地翻出来。却突然想到,赵松秀根本看不到这位七十年前与他同行归来的战友。

2015 年,赵松秀九十四岁,郝生荣八十八岁。不同的是这一年,郝生荣到北京参加了抗战胜利七十周年阅兵仪式,赵松秀该是因眼疾而未能同去。

而暴步云,早已不在武乡县民政部门健在老八路的名单中。赵松秀老人也并不知道这三个字如何写。我换用不同的字检索也没有找到这个老兵,然而有一天在一份资料中看到闻名上党的"暴庆堂"中队时,终于想到这个"暴"姓,也最终多方核实出"暴步云"这个英雄的名字。暴步云是武乡县监漳镇下北漳村人,村里的妇救会当时极其有名,涌现出了许多"娘叫儿,妻送郎"勇敢杀敌上战场的动人事迹。暴步云,就是在 1942 年被时任村妇救会主席的妻子王改花动员参加了八路军。待他三年后在老爷山战斗中光荣致残荣退返乡后,妻子又将大儿子暴中先送往部队,让儿子接过父亲手中的枪。暴步云一家成为两代革命军人之家,载入家族光荣史册。

赵松秀从未后悔走上战场,只遗憾自己真正的战场经历只有短短二十多天。他记得在庄稼长到正熟的秋天穿起军装离开家，到过年就带伤回来了。

直到两年后，他受伤的胳膊才好转一些，开始了结婚生子的正常生活。

与从村里走出去的大多数老兵不同，受伤的赵松秀幸运地成了有文化的“公家人”，退休前几乎没有再接触过镢头。起初为了养家，赵松秀跑到本镇的柳沟煤矿做起矿工，一百五十斤重的一篓子煤粉，他背了三年，由于表现出色被提拔，离开井下做起管理。聊天过程中，我一直观察这位老人，他的经历算不上太传奇，却也足够吸引人。从一名普通的井下工人，一路被领导看中，历经煤矿管理、建筑工程公司材料员、保管员、管理干部；工作地点经过武乡柳沟村、长治市、吕梁山区、太原、榆次。其间还在当时的华北干部学校（自述）脱产正规上了三年学，其中在石家庄一年，在北京二年。

在我的镜头里，老兵赵松秀始终没有反应。问及，才知道他丝毫看不见眼前这个世界。

他上学期间啃书的经历，更是连当时的校长都深深叹服。

从一个放羊娃到军人，最后从华北工程局管理岗位退休，不能不说赵松秀在事业上实现了令人难以置信的华丽转身。

我盯着眼前这位经历丰富的老兵，心潮涌动。院子外边阳光正好，英雄却看不到明媚的天空。

我知道，尽管只有短短二十多天的军人经历，纷飞的战火与牺牲的战友却给了他钢铁般的意志。

之后再前行，还有什么比从体内拔出子弹更加疼痛？

从农民，回归到农民；从放羊娃，回归到普通农家老人。几乎处在黑暗世界里的赵松秀，曾经的历程却没有蒙上一丝尘埃，他缜密的思维就是最好的验证。

而大陌村，尽管依然有抗大一分校的遗址，但今天早已回归为一个普通的乡村。抗大一分校的旧址，也在2015年被精心做了维修，年轻的村民们，也渐渐知道了村里曾经的抗日女英雄史改转；听说了当年在此驻扎的几位八路军女战士，住在史家最南边的窑洞里，白天忙校部后勤事务，进行抗战宣传，夜里向史改转学纺棉、织布，教史改转识字，给村民讲抗日救国道理等诸多故事。

这篇文章写作过程中，我与赵松秀的儿子通了电话，他说父亲感冒了，不过身体依然好。他感叹以前不知道自己的村庄这么伟大，现在慢慢知道了许多故事，越发敬仰自己的父亲，越发热爱自己的村庄。

想起去年深秋，走进安静的大陌村，只有庄稼与泥土的味道。曾经的烽火，已化作屋顶上的袅袅炊烟，传递的都是轻快的烟火气息。

天明时分，赵松秀老人定不会再想起“被镢头捣了一下”的痛。曾经的黑暗与光明，都已经铭记在心。

远去的"瞎团长"

是的,视力不能说明一切。

比如,那个"瞎团长"。

2017 年 4 月 7 日,石北乡岭南村郝照余老人家。一声"看看老八路"过后,屋里的女人回应:哦,在里面!

她跑向里屋迅速解开当锁用的一根细绳,推门而入,一位老人坐在炕上,将望向窗外的眼睛拉回门口。透过窗玻璃望出去,院子里在房顶上修房子的几名工人就在老人的视线里。

"怎么把老人锁在屋里?"

"唉,他总想出去。你们看看院子里乱七八糟的,不安全,也照顾不过来。"答话的是老人的女儿,五十七岁。

炕上便是郝照余老人,九十七岁。

女儿说,父亲早晨刚刚吃了一碗方便面,两个荷包蛋。平常每顿都可以吃一大碗饭,身体挺好。喊老人坐到炕边,想与他聊聊从前。看到我的同行者举起相机时,他便不再与我说话,坐得端端正正的,等待拍照。此刻我注意到,他右腮深深凹了进去。女儿拉起老人的手到脸上,他马上明白了,用手指点点腮,又把手指放进嘴里做了一个掏的动作,话语模糊不清:"子弹就是从这里进去,又从这

镜头一对准，郝照余老人就坐得端端正正。（魏红胜 摄影）

里出来的。”

子弹透过老人右腮，进入嘴里。深深的痕迹伴他走过七十多年。

他的女儿说，老人不仅听力不好，脑子也时而清醒时而糊涂。我大声问：您在哪里受的伤？几次过后他终于听明白了：榆社。

1940 年 6 月 16 日，日寇侵占了榆社县城，半年后的 11 月 9 日被八路军收复。1942 年 2 月 16 日，日寇再次攻占榆社，在离城很近的一个叫杜余沟的村建立了据点，并把村旁山梁上一座宝塔作为碉堡，周围挖了战壕，拉了铁丝网，企图长期坚守。直到 1944 年 3 月 29 日陈赓率部再次解放了榆社。

郝照余一直说不清他所在的部队，却一遍遍自语：我是 1942 年当兵的，1946 年回来的。那么按老人当兵的时间，他脸上的伤便应该是 1944 年解放榆社时留下的。1944 年第二次解放榆社时，是八路军太行军区第 2、3 分区各一部做的收复工作。而郝照余老人突然又说，他属于 14 团。

抗战期间在武乡的 14 团，属 129 师 385 旅，之前是 129 师 385 旅独立团第 2 团；1942 年 4 月，这个团编入太行军区第 3 军分区；1945 年 8 月编入新组成的太行军区西进部队第 3 支队，同年 9 月改编为太行纵队第 3 支队独立团，10 月份再次编入新组建的晋冀鲁豫野战军第 3 纵队 8 旅 22 团；1948 年 5 月又改称中原野战军第

3纵队8旅22团；1949年3月1日改编为中国人民解放军第11军32师94团。这个团是385旅的老部队，战斗作风顽强，敢打硬仗，战斗力很强，是军、师的主力团。

那么，郝照余老人当年，便是129师385旅14团的一名战士。这时他的女儿说，父亲之前说过，他在侦察班，后来又去过通信班，扛过大炮。他打过临汾，打过沁县，打过屯留老爷山，打过榆社桃阳，打过河南清化。至今还记得清化的竹子那么好，当时他们饿肚子，就吃嫩竹芽。

老人断断续续，可以记起一些人与事。突然间，他说到一个人：瞎团长。

14团，瞎团长，综合这些元素，可知他提的瞎团长是钟明锋。

钟明锋，土地革命战争时期参加过反围剿战斗和二万五千里长征。抗日战争中参加过百团大战，主要战斗为火烧阳明堡、平汉战役及反九路围攻。1942年，他兼任武工队队长，与14团、决九团、武西游击队大队、独立营等相继驻扎在武乡县涌泉乡的蚂蚁辿，带领三十余人战斗在沁武边界，宣传群众，组

1982年11月5日，钟明锋重回武乡。（王照骞 提供）

1982 年 11 月 5 日，钟明锋重回武乡，在当年的蟠龙战役旧址回忆往事。（王照骞 提供）

织民兵，猎取情报，打击小股敌兵。当时，武工队配合当地民兵在东良红山伏击日军，打死了敌人的翻译官。解放战争中，钟明锋先后参加过四平战斗、锦州攻坚战、辽西会战、解放平津和海南岛战役配合战等较大战役，中华人民共和国成立初又参加抗美援朝战争。二十多年中，七次负伤，右眼致残……

“瞎团长有本事呢。”郝照余努力认真说清每一个字，“当时在义门丢了一门大炮，瞎团长竟又找了回来。”

武乡义门，八路军 14 团曾在这里驻扎四年之久。于 1943 年农历二月初二组织了义门反击战，当时钟明锋是 14 团三营营长。他以一个营的力量，攻打由武乡段村、沁县松村与榆社桃阳三面包围了义门的日伪军。当时钟明锋带领的三营处在义门村一处高地，连续打退日伪军十多次进攻，后退于村后大圪梁上坚持战斗，直到第二天早上战斗结束,歼敌三百余人,三营仅仅阵亡一名战士。

钟明锋当时被更多的人称为瞎营长,在武乡妇孺皆知,百姓中传得非常神奇。中华人民共和国成立后,被称为“太行山上的李向阳”。

资料显示,钟明锋是1949年10月任14团团长的,瞎团长是指钟明锋吗?老人听清后想了想:呀,记不清是不是叫这个名字了。说完,再一次补充:瞎团长可厉害呢!

由营长升为团长,钟明锋在武乡屡立功勋。郝照余嘴里非常了不起的英雄,一定是钟明锋。

钟明锋在武乡战斗多年,1989年因肠癌去世前四个月,还应武乡县红色文化研究专家王照骞的邀请,为漆树坡窑洞保卫战纪念碑落成写下“在漆树坡窑洞保卫战中英勇牺牲的革命烈士永垂不朽!”的落款,他称自己为“曾经在武乡战斗过的老战士”。

钟明锋不知道,时至今日,还有武乡老兵对他念念不忘。

女儿说,父亲的后脖子上还有一处枪伤。问他怎么回事,老人

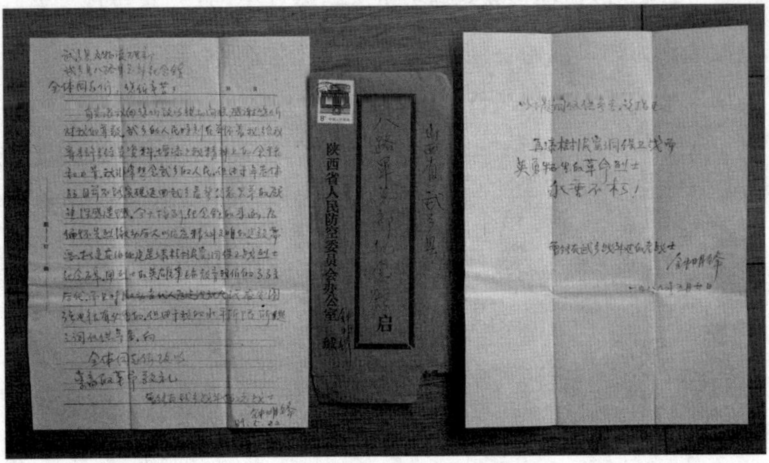

钟明锋为漆树坡纪念碑落成写来的信及题词。(王照骞 摄影)

终是记不得了。从县民政局资料可知，郝照余的七级伤残是由于1945年8月在陇海战役所致。由此说来，腮上的伤倒可能是陇海战役所致。陇海战役是由晋冀鲁豫野战军司令员刘伯承、政治委员邓小平遵照中共中央军委指示，为策应山东、华中野战军作战和支援中原军区突围部队作战，而出击的一场战斗。怪不得郝照余在抗战题材的电视剧里一看到刘伯承、邓小平的形象就激动。他无数次对女儿说：刘邓大军，厉害！

无须问老人，哪一处伤在解放榆社，哪一处伤在陇海战役。于今天而言，这些也都不重要了。

郝照余曾给孩子们说过：当兵时候，吃了太多苦，真是苦坏了。

今天再问他，他却记不起太多，只记得有一次被抓到日本人的警备队，眼看着人家吃的白面馒头与小米干饭，他们只能吃一点儿水煮苦菜。

"唉，反正是很苦，很苦。"老人叹了一声。

沉默一阵后，他突然指指女儿：去，拿洋旱烟！女儿扭身拿来一包被他称为洋旱烟的香烟，给在场的男士抽。但听到对方不抽时老人却不干了："不抽烟还行？准得抽呢！一棒棒也得抽一棒棒！"

拍照时，老人看到镜头里的自己咧嘴开心地笑。（魏红胜 摄影）

女儿说，老人就是这样，特别热情，总是怕招待不好客人。

我拿出手机，与老人拍一张自拍照。看到镜头里的自己，他咧嘴开心地笑了。

女儿说，父亲特别

王照骞老师(右)离开时与郝照余握手,老人开心地笑了。(魏红胜 摄影)

喜欢拍照。有一年从八路军纪念馆回来后,几次埋怨没有人给他拍一张照片。

要走了。这句话老人一下就听清了,问:要回段村?

与他握手道别,老人再一次兴奋地笑起来,极其开心,又告诉女儿:送送。

其实来岭南村之前,我们先去到同一个乡的石北村。这里还生活着一位九十四岁的老兵郝义成。然而不巧的是,前一天,老人唯一的儿子骑着摩托车与大车相撞,当场身亡。他已经由儿子家被接到同村的女儿家,留下一个孙女照看他。屋里地上站了同村与本家的十几个人。九十四岁的老人瘦瘦小小的,已经完全失去听力,坐在沙发里,一直开心地笑着,完全无视孙女止不住的眼泪。

村人说,老人还不知道儿子出事,就不告诉他了。有人接话,即

面对家中突然出现的一群人，郝义成（沙发上右）老人压根儿不知道发生了什么事。（魏红胜 摄影）

便告诉他，他可能也不管这些了，多日不见儿女也不问了。旁边的人说，老人年轻时候就不怎么爱说话，说他识字，也会写。孙女说，爷爷伤在右手。一看，非常明显，右手指头几乎都伸不开。

从进门到出门，老人始终不说一句话，只一直笑着，看着眼前人。憨憨的老人，内心已无任何心事，回归一片纯净。打开县民政局的资料，却令我们大吃一惊：郝义成，1945 年 6 月入伍，八路军 129 师 769 团的战士。在解放沁县时，他英勇杀敌，缴获十二支步枪，一百余发子弹。在随后召开的祁武庆功大会上，荣获“杀敌英雄”称号。1947 年 2 月复员，六级残疾军人。

一人缴获十二支步枪，一百余发子弹，那驰骋在战场上的身影该是怎样的矫健勇猛？

再看老人，还是瘦瘦小小的，普通得不能再普通。

挥手告别。他依旧不发一言，笑容与孩童一般。

寻找一个叫“留根”的人

真想把郝义成老人独自缴获的一百发子弹发给漆树坡村的民兵。那样的话,窑洞中那些技艺高超的年轻人,就不会一个个倒在敌人的炮火之下。

那时候,民兵们因为打完仅有的几发子弹,只能眼睁睁看着敌人在对面花费两个多小时安装好一门庞大的山炮,对他们展开轰炸。

小小的漆树坡村,瞬间地动山摇。

山炮对面的逃难窑中,是十几位民兵,更多的是几十名手无寸铁的百姓。

从2016年到2017年,我多次寻找一个叫“留根”的老人。他是上习乡漆树坡人,可他总不在村里。有时候说在长治,有时候说在太原。

人们说不清他在哪里,却总会给我说一通与他有关的往事,让我越发迫切地想找到他。

1943年6月14日,日军小林大队指挥剿共军第一师赵瑞、段炳昌部约三千兵力侵占了武东重镇蟠龙。从此以蟠武线为界,割断了武乡(东)县委与前方指挥部的联系。武乡(东)县委根据太行三

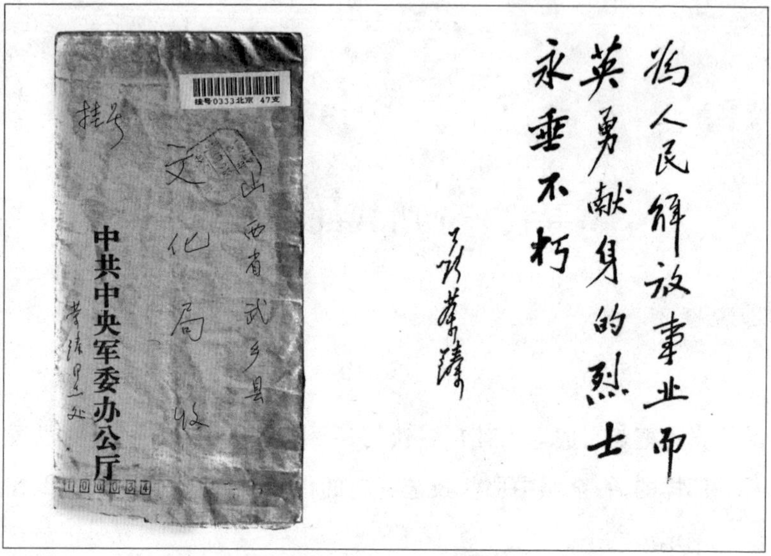

聂荣臻为漆树坡纪念碑题词。(王照骞 摄影)

地委、三专署的指示,结合斗争实际,将蟠龙公路以南地区划为路南区,在前方指挥部的基础上建立了路南办事处,李甫堂任主任,李尚春负责武装工作,姜一全面领导党的工作。这个路南办事处,就设在漆树坡村武云庆家。也因此,路南办事处驻地的高岭、漆树坡、上司一带便成为日军合击的目标。

漆树坡的抗日民兵队,早在1942年就成立了。几年来,他们常常吃住在一起,成立了“民兵家”,白天组织生产,夜里站岗放哨,彼此间亲如兄弟,扭成一股绳保卫着村里的父老乡亲。

1943年农历六月十三的晚上,漆树坡民兵便接到前方指挥部通知,告诉他们周围敌人据点增加了不少,很可能又要开始新一轮“扫荡”了。民兵指导员武志芳便安排村里的民兵,赶紧安排群众转移。半小时后,所有的民兵全部集中到王家顶,由民兵王清太、王海云放哨,其余就地休息。

次日鸡叫时分，四面敌人都出发了，都是朝漆树坡方向集中。姜一与李尚春迅速判断后，集合民兵马上行动。二十多人分为两个班，拿着各自的武器准备从西南处向外线突围。

走在最前面的，是民兵王磨锁。然而当他们爬上一条岭时，才发现敌人迎面扑来。于是掉头跑回村边，之后往北，朝着上司村方向的沟里冲。然而上司村的岭上也早已有了敌人的布置，一通机枪扫射把他们打了回来。无奈之下一干人再折回村，短暂商量之后向东南方向的杨桃沟转移。可未走多远，发现东南面也有敌人包围上来。

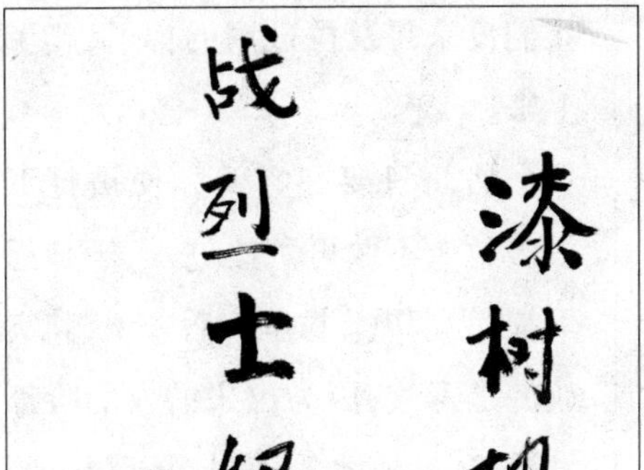

鲁瑞林为漆树坡纪念碑题词。（王照骞摄影）

整个漆树坡，陷入敌人的严密包围中。

两个民兵班只好分为两路，一路跟着武志芳，一路跟着姜一，往村东村西两个逃难窑洞方向撤。

武志芳带着土磨锁、武来庆及二孩儿等人，往桑树沟的西窑洞方向转移。姜一带着武全木等人向东面窑洞转移。

敌人的机枪紧接着就跟过来了，危急时刻，武志芳命令大家进洞。武志芳也在最后一个爬进

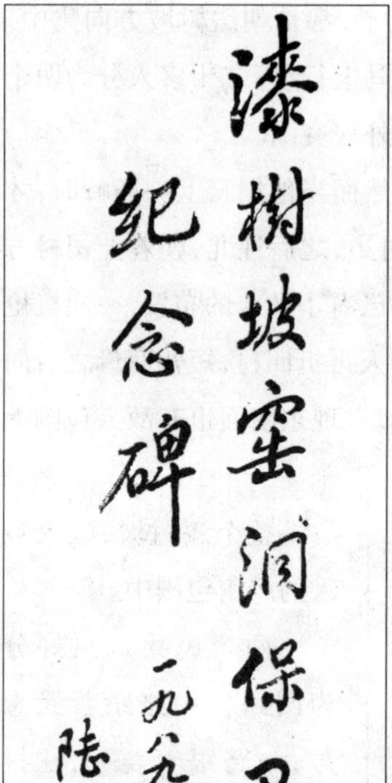

陆定一为漆树坡纪念碑题词。（王照骞 摄影）

去。

有敌人过来了，王磨锁与武志芳守在洞口，瞄准。一个、两个、三个，武志芳一个一个打倒敌人。王磨锁也是，毫不示弱。在两人的把守下，爬上梯子的敌人一个个应声倒地。

还是有敌人冒着危险沿着民兵们没来得及拉进洞的梯子，爬了上来。

然而只要一露头，便被打下去。敌人不敢再贸然进入，于是退下，改为烟熏。村里人后来说，其实放的是毒气，因为出来的人们脸都发黑，还吐黄水。不过由于洞里的人们用被子捂住嘴巴，没有人丧命。

又一招不成，敌人改为挖气眼，洞里的人们很快听到挖掘声，随之气眼处由于震荡开始往下落土。洞内洞外，紧张的气氛空前无比。

姜一带领的武全木一班民兵，全然不知道这边发生的事。他因一边走一边拿望远镜侦察情况，便与民兵们走散了。而一队敌人就在不远处。无处躲闪之际，他两次躺进身边的沟中，用土及蒿草把自己掩盖起来，避过危险。当他们再次会合后，很快发现桑树沟窑洞被敌人包围了，他们心急如焚。一边派百姓去送信求助，一边想办法打击敌人。

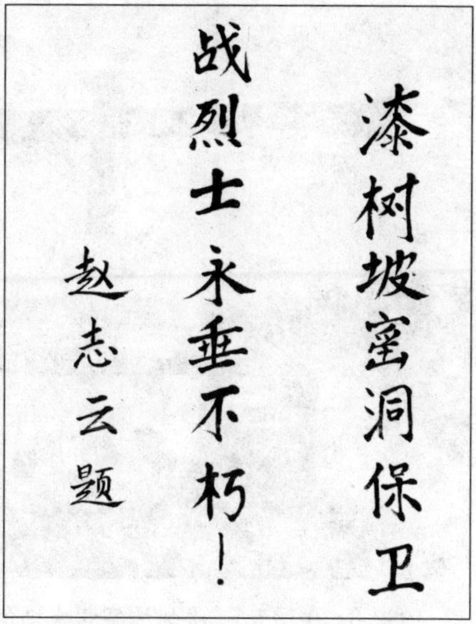

赵志云为漆树坡纪念碑题词。（王照骞 摄影）

窑洞上的敌人，还在坚持不懈地挖气眼，气眼像个“席子大的坑”，敌人一直向下挖。

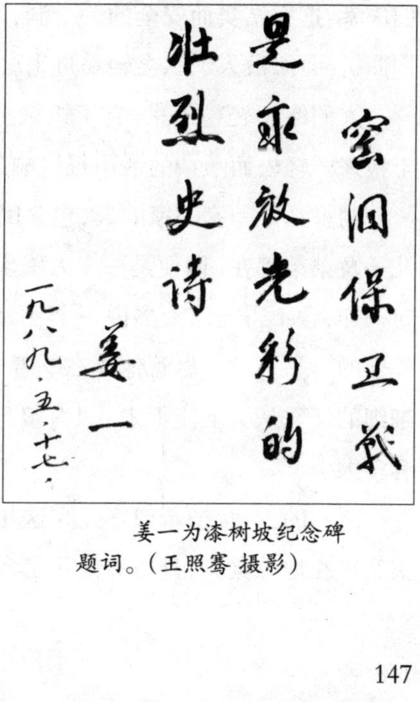

姜一为漆树坡纪念碑题词。（王照骞 摄影）

声音越来越大，越来越近。洞里的人，也从起初的坚信敌人拿他们没办法，到忐忑不安。最后，他们终于恐慌起来，觉得保护了他们无数次的洞这一次恐怕是无法保证他们的安全了。

终于挖透了。

洞里的人没有惊讶，都在冷静地等待。

两个鬼子跳进来，被民

1989 年 10 月 1 日，漆树坡窑洞战纪念碑落成仪式。（王照骞 摄影）

兵早已准备好的一枚手榴弹炸得掉下崖去。百姓们又放心下来，他们庆幸，这么结实而安全的一个洞，怎么能轻易被破坏掉？洞的结构曲折回环，敌人怎么会轻易进来？

人们终于轻松下来，有了饥饿感，一家一家围拢在一起，嚼起干粮来。轻松而嘈杂的话语很快响起在沉闷的洞中。

洞里都是一家一家的人，包含民兵王磨锁一家。他的娘、妻子、儿子及弟弟都在。即便是一家人围坐在这样的洞里，王磨锁也与平时一样，顾不得与家人多说一个字。此时，他紧紧守在气眼口，盯着外面的一举一动。尽管他也在吃着干粮，却一看便知是心不在焉，细细的汗珠从头上流下来。只有娘与妻子看得出来，他的心理压力有多大。

所有的人，都把希望寄托在这几个民兵身上。这一刻，他们才实实在在地感觉到，身边有民兵是多么踏实的一件事。

然而没过多久，王磨锁发现，敌人竟然调来一门大炮！确实，随着一个一个敌人的倒下，日本人气急败坏又大惊失色。他们判断，洞里一定不是普通的百姓与民兵，这枪法，必定是有八路军。

于是敌人撤掉上洞的梯子，调来大炮。

“干掉炮手！”武志芳果断命令。

正在安装大炮的炮手应声倒下。敌人紧急调整炮的位置。

子弹有限。很快，王磨锁发现子弹没有了。他想问武志芳借几颗，武志芳却也早没了子弹。

时间一分一秒过去，两个多小时的时间里，他们眼睁睁看着敌人的大炮安装成功。

“轰！”第一发炮弹惊心地响起，洞里只是震了一震。敌人便一

1989 年 10 月 1 日，烈士后代在新落成的漆树坡窑洞战纪念碑下。（王照骞摄影）

发一发，直冲洞口而来。一直到第七发炮弹之后，洞口终于被炸开。隐藏在窑洞深处的人们，开始暴露了。人们惊恐地挤向两边。

打开的洞口让敌人惊喜万分。“轰——轰——轰——”敌人的劲头更足了，一声接一声，炮声响彻漆树坡，萦绕在周边的上司、铺上、高岭村的上空，百姓们不知道发生了什么事，但都知道发生了非常严重的事。

第十二声炮声响起后，守在气眼处的王磨锁不幸被炸死。他的娘听说儿子牺牲后，不顾一切跑出来扑在儿子身上失声痛哭，然而此时又一发炮弹过来，娘也跟着他离开了。

气眼，被彻底炸开。

那个时候，王磨锁的妻子，生完孩子才刚刚第八天，极度虚弱的她又惊又怕，再加上强烈的烟雾，很快撒手人世。

民兵武来庆毫不畏惧地顶在王磨锁的位置。他脱掉衣服，端起

窑洞保卫战遗址。（王照骞 摄影）

刺刀，赤裸着上身与从气眼口跳进来的敌人展开搏斗。但终因寡不敌众，被逼到悬崖边上用石块砸死。

勇敢的民兵队长武志芳，也因受到炮轰及强大的烟雾熏呛，倒在岗位上。

窑洞口的搏斗也同时展开。二孩儿、武志法打死两个敌人，但一颗手榴弹却被敌人扔了进来。武志法被炸死，二孩儿被炸到道坑下面，被敌人误以为死亡。

他躺在那里，感受着身边的惨烈，感受着他的兄弟们被害，感受着那些百姓的惊恐却无力相救。

敌人走后，他爬出来，却像傻了一样，遇到赶来的武全木他们之后只有一句话：“都死了！都死了！”再问时，只“哇”的一声大号起来。

在此后的五十年，民兵二孩儿带着沉甸甸的痛与抹不掉的回忆，孤独地想念着那些年曾经并肩战斗过的兄弟。

一连串的炮击过后，十多个民兵中已经牺牲了四个，敌人又把四个民兵绑起来要带走。如此，鬼子仍不死心，因为他们也有十多人被打死，鬼子便把黑恶的手伸向手无寸铁的老弱妇孺们。他们爬进敞开的窑洞中，拖起人就往崖下摔。摔着摔着，到了王磨锁的弟弟王三磨跟前。那时候王三磨在学校读书，敌人看他的手上没有结茧，便怀疑他不是普通劳动人民，于是要把他带走。三磨说什么也不跟着去，被愤怒的敌人一枪打在脑袋上。三天后死去。年仅十六岁。

被摔下崖的百姓，横七竖八长眠在脚下的泥土里。

担心敌人再来，村中老人建议将死难者就地掩埋。但一腔热血的民兵们坚决不同意，他们一定要为死去的兄弟举行追悼会，举行公葬！于是一个个被抬回村里。夜里，许多青年通宵未睡，轮流换班放哨，看护着这些英雄。

第二天，周围三个区的所有民兵赶来，在村里一个大槐树下召开追悼会。按传统习俗，干部们都穿起孝服。一排排棺材齐刷刷摆在眼前，村民哭声一片。那一天，在姜一的主持下，桑树沟被改名为“英雄沟”，十六名青年当场报名参了军，誓死要从鬼子那里讨回这笔血债。

果然，夜里敌人再一次进了村。这一次，代理指导员武全木在追击敌人中受伤牺牲。

白天，被抓走的村财粮主任武书云，在南亭村受到日军的严刑拷打，逼问粮食埋在哪里。武书云一句话也不说。日军于是用黑布箍住他的双眼，用刺刀扎向他的身体。扎一刀，问一声；不说，再扎。英雄不知被扎了多少刀，直至倒在血泊中，也始终不发一言。那时候，村里驻着县委前方指挥部、县政府路南办事处、新八区区公所、三分区游击司令部，以及司令员郑国仲、769 团一营长李德生及部队，确实存有大量的粮食与物资，一旦说出来，会是多么大的损失。

一个并非是共产党员的普通民兵，竟有如此高的觉悟与骨气，让今天的人说起都激动不已。

武爱云及武志法兄弟二人去世之后，家里只剩下武爱云的妻子与公公，就是这一老一妇，硬是将两名烈士的五个十岁左右的孩子拉扯大。尤其值得称颂的是两位烈士的父亲武存林，性格刚强，气量过人，面对全村人的同情，他说出的话掷地有声：“小日本杀害了我的两个儿子，但我还有茂堂堂（当地方言：虎气而有前途）的一对孙子。再过十年，又是两个七尺大汉！”多年以后，武先菊的大女儿与四姑武爱荣在村里早早成为积极分子，中华人民共和国成立后随军南下，先后在河南、湖北、广东等地工作；武玉元师范学校毕

王留根(左)与武乡红色文化研究专家王照骞。(魏红胜 摄影)

业后从事教育工作,后担任了县领导;武素菊跟随丈夫从东北到新疆,参加了祖国的大三线建设;武玉邦也于1957年被坚强的母亲亲自送到部队,参加了中国人民解放军。

与其说武存林老人有一双慧眼,不如说是英雄的精神在传承。

1989年10月1日,漆树坡窑洞战纪念碑落成。剪彩仪式上,武书云的妹妹武爱荣声泪俱下,重现当年日军暴行,重温哥哥与弟弟当年的铁骨壮举,直让多年以后的人依旧听得泪流满面,泣不成声。

那次窑洞战,死难的烈士们还留下一条“根”,便是我一直寻找的人——王留根。王留根是烈士王磨锁的儿子,窑洞保卫战那天,他来到这个世上刚刚第八天。

王留根是幸运的,提前八天来到这个世界,没有与母亲一起葬身炮火中。王留根也是不幸的,还不认识这个世界时就没有了爹娘。

这篇文章即将结束的时候,有了王留根的消息。于是放下未完的作品，我们驱车赶到襄垣，二女儿为他租的房子里。

七十四岁的王留根出街上迎接了我们。他说，当年他的父母、奶奶、三叔通通死在洞中。他这一条王家的独根，从此被姑姑带在身边。他半个月大时，正遇姑姑出生不久的孩子去世，王留根便吃上姑姑的奶。

王留根，从此成为姑姑的孩子。

自他的父亲王磨锁、叔叔王三磨与奶奶、母亲死在洞内之后，大爷王碾锁也在第二年敌人的又一次扫荡中被打死。两年时间，他的爷爷王德祥连失三个儿子、一个儿媳及妻子五口人，在极度郁闷与痛苦中导致眼睛失明。王留根说，二十世纪五十年代时，他的爷爷时常拄着一根棍子坐在大门口，大拇指关节紧顶着眉头，一言不发……

碾锁、磨锁、三磨，这三个名字里本带着图吉利好留存的寓意，却通通化为泡影。

跟着姑姑的王留根长大后受到县革委会主任的特殊照顾，进入柳沟铁厂工作，之后又与人对调进入长钢，成为一名钢铁工人，一直到退休。

想过父母的长相吗？

想不出来，他说。

思念父母唯一的方法，就是回到村里，在窑洞保卫战纪念碑上，摸摸父亲的名字。

那些名字，那样的年龄，让人一阵阵疼痛：

> 武志芳，一九三八年参加革命，中国共产党党员，村民兵指导员，牺牲时二十四岁。

王留根依旧习惯抽旱烟。(魏红胜 摄影)

武全木,一九三八年参加革命,中国共产党党员,村武委会副主任,牺牲时二十二岁。

武志法,一九三八年参加革命,中国共产党党员,村民兵排长,牺牲时二十一岁。

武书云,一九三八年参加革命,中国共产党党员,村财粮主任,牺牲时三十四岁。

武来庆,一九三八年参加革命,中国共产党党员,民兵,牺牲时二十四岁。

王磨锁,一九三八年参加革命,中国共产党党员,民兵,牺牲时二十三岁。

王三磨,一九四二年参加革命,牺牲时十六岁。

回望这片土地,在初春的风里一片萧瑟。炊烟升起,欢愉传来,却掩不住土地下暗流的阵阵涌动。

三进武乡的日本人

比我更执着地寻找王留根的，还有一位特殊的人，他叫相马一成，是一位日本人。

1996 年夏，武承周刚刚到武乡宾馆任经理不久。一天下午，总台给他打来电话，说有一位日本客人要入住。

武承周二话不说便回：不行！

武承周(中)讲述他与相马一成的缘分，右为王照骞老师。(魏红胜 摄影)

第二次再打来，他还是不答应；第三次，依然不松口。电话挂断后，相马一成的翻译撂下一句话：这是一位什么经理？岂有见钱不收的道理！说罢便来到武承周的办公室。一进门，看到眼前头发已经花白的经理后，忍不住感叹：这么大年龄的一位经理啊，怪不得脾气这么怪！

武承周告诉他：面对日本人，我脾气就是这么怪！永远会这么怪！我不仅恨日本这个国家，而且恨所有的日本人！

翻译笑了，坐下来：老武，我跟你说说这个日本人吧！

原来，这位日本客人是位记者，名叫相马一成，年龄仅仅比武承周小一岁。他的岳父新保太作是当年的侵华日军，第一次来山西时，在神池县八角堡杀害了一家六口人。回到国内见到家人时，对之前这一行为有了悔意，并告诉了自己的妻子。不久之后，日军因为前线兵源短缺，又将他们这种有丰富战场经验的老兵召回中国。没想到新保太作这一次再来，却没能顺利返回日本，而且就战死在神池县的八角堡。

相马一成1996年在神池八角堡拍摄的照片。（王照骞 提供）

消息传回国内，他的妻子只说了一句：也许，这就是所谓的报应……

他们的女儿长大成人后，他的妻子告诉女儿，以后不管嫁给一个什么样的男人，希望

相马一成(前坐者)第一次来武乡与武承周一家合影。

有条件出国时第一站一定要去中国,去中国第一站一定要去神池,去神池第一站一定要去八角堡。在那里除了追寻父亲的遗迹,还要找到当年被父亲杀害的一家人。如果他们有后代,一定要登门赔礼道歉并给予补偿。

这份心愿,最终延续到相马一成身上。对于此事,他一直放在心里,并参加了中日友好协会。后来又把《朝日新闻》报的工作辞掉,专心于日军侵华的毒气调查中。

1996年,他如约履行岳母的心愿,第一次踏上中国的土地。

相马一成,正是从神池来到武乡的。

听到这里,武承周心头的怒气一下子消了,并对这位日本记者产生了好感,安顿他们住下来。晚饭时分,相马一成提出,要见见这位特别的经理。于是在餐桌上,两人第一次见面。

相马一成也非常想知道武承周之前拒绝他入住的原因。于是,武承周给他讲了自己的身世。

武承周的父亲名叫武三林，出生于1916年，1938年加入中国共产党，同年4月担任枣烟村民兵武委会主任兼治安主任。那时候，正好赶上日本侵略军对晋东南展开“九路围攻”。武三林便没白没夜地站岗、放哨、支前抗战，掩护群众干部转移，并跟随魏名扬游击队配合八路军战斗。他先后参与了攻打里庄滩、大有阻击战、峪口窑洞战等多次战斗，受到蟠龙四区武委会的表扬与游击队长魏名扬的奖励。

民兵武三林，经过几年的烽烟洗礼，成长为一名不穿军装的战士。他越战越有经验，也期待着早日把日本人赶出家门。1943年农历六月二十一，武三林全家正在吃早饭时，驻村八路军129师386旅772团12连连长刘玉兴急急忙忙去到他家，告诉他有一支二十多人的日伪军已经从蟠龙出发，正沿着李峪、长乐一路烧杀抢掠，很快就会来到枣烟村。武三林立即放下碗筷，跟着刘玉兴投入掩护全村百姓转移的工作中。待把这一切安排妥当之后的返回途中，却遭遇到敌人。除了他们二人之外，还有从别处抓到的民兵武金水、武文彪、武东生，羊工魏丑小、王金全，以及石科村年仅十四岁的放羊娃黄小旦。敌人带着他们，向大活庄村进发。或许是从他们的行走姿势中发现了什么，行至本村古城垴时，敌人突然停下来，向刘玉兴与羊工魏丑小问话。刘玉兴是四川人，虽然几年前已经在枣烟村娶了媳妇，但毕竟不会讲当地话。他知道一开口，便要暴露自己的身份，于是不发一言。敌人又看了他的手，发现没有种地留下的结茧，手指上倒是有扣动扳机的痕迹。从魏丑小那里也没问出什么，鬼子举起刀一刀先将这个放羊人砍死，并将他的头颅抛向空中。刘玉兴知道自己难逃此劫，也早已做好拼死的准备，因此当一名鬼子端着刺刀向他逼近时,他猛扑向前,一口咬住了对方的耳朵,又用双手死死卡住敌人的脖子。这时,另一名鬼子向刘玉兴连开两枪。

二十六岁的四川人刘玉兴,倒在武乡这片叫枣烟的土地上。但他的双手,还是拼尽最后一丝力气,带走一名敌人。

剩下的六人,被敌人带到大活庄村,集中到一个大场院,排成队转圈。几圈之后,一名汉奸忽然用手指着武三林与武金水,让两人站出来, 把他们单独带到一户人家的窑洞内。一名汉奸问武三林:"你叫武三林,是枣烟村的武委会主任?游击队长魏名扬现在在哪里? 你们村驻有多少八路军? 多少游击队? 只要你如实讲出来,皇军一定会保证你的生命和你一家人的安全,并大大有赏。"武三林知道有人出卖了他,一声不吭。反复几遍之后,敌人动手了,先是打断他的腿和胳膊,再用水将昏死过去的他泼醒,继续拷打。看武三林坚持不说, 凶狠的敌人便问一句, 用刺刀在他身上深深捅一下。武三林血流如注,但始终坚如磐石,一言不发。看到再也没了希望,敌人便朝他心脏连刺两刀,断了他最后一口气。

那一年,武三林二十七岁。据后来为他清洗尸体的村人说,他的身上整整有二十八处刀口。

那一天,他的儿子武承周出生仅仅二十一天。

武三林牺牲的噩耗传来后,年过花甲的父亲失声痛哭。患有高血压的奶奶晕倒在地,抢救过来后成为半身不遂。妻子不吃不喝,三天后便断了奶水。未过满月的武承周从此只好用南瓜汤、小米粥代替了奶水。

武三林死后不到一周,在龙湍村的岳父也被日本人抓住,让他带路找百姓的逃难窑洞。岳父誓死不从,日本人便放出两条狼狗,将他活活撕咬致死。

一周之内连失两名至亲，武三林的妻子最终积郁成疾，导致肝硬化腹水，在武承周不满八岁时再也挺不下去，含恨离开了这个世界，年仅三十三岁。

从此，武承周成了没有父母的孩子，跟着年迈的爷爷及瘫痪的奶奶艰难成长。中华人民共和国成立后的1952年，省公安局到他家，告诉他们杀害武三林的汉奸是河北人向约奎，已经被抓到太原。但武三林年近八旬的父亲拒绝去参加公审大会，只是抱着年幼的孙子老泪横流。多年以后的2009年，六十六岁的武承周才从本村一位九十岁老人的嘴里，知道了当年出卖父亲的本村乡亲。然而他只能长长一声叹息。他心里清楚，父亲一定在当初就知道了这个人。

抗战那些年，枣烟村有二十多位群众与干部牺牲，有九位被追认为烈士。

武承周于1983年收到的父亲武三林烈士证明书

烈士后代武承周，之后却因家族出身为上中农这一成分问题，备受磨难。求学半途，奶奶爷爷相继去世，跟着伯父艰难度日的他几次差点放弃学业。毕业后好不容易求得一份民办教师的工作，在“文革”中又受到诬陷几经批斗几乎想放弃生命。他引以为骄傲的父亲武三林，直到四十年后的1983年，才得到盖有“中华人民共和国民政部”鲜红大印的革命烈士证明书。

武承周，如何能不恨发动了战争的日本人？相马一成细细听过这一段历史之后，起身不停给武承周鞠躬致歉。武承周也还他以礼：人不是你杀的，我不可能怪你。

相马一成转身告诉翻译，不找向导了，次日就请武承周带路到发生过窑洞保卫战的漆树坡村，看看当年受害的人们，看看当年战争留下的孤儿王留根。

在漆树坡，武承周把相马一成带到当年的民兵、之后参军走上

相马一成第一次到武乡为烈士后代王留根(右)一家拍摄的照片。

战场的武来水家。武来水夫妇与武承周前一天的表现一样，责怪武承周为什么带来一位让他们无比痛恨的日本人。武承周像昨天的翻译一样，把相马一成的故事讲给二位听。了解到详情后，武来水夫妇也给相马一成回忆了曾经的战事，并带着他看望了当年发生战争的逃难窑洞。村里一些孩子听说来了日本人，跑来看。相马一成便分别给见到的孩子们送了书包及学习用品。

到了王留根生活的铺上村时，相马一成对烈士王磨锁后代产生了深深的同情。彼时，王留根的妻子生病躺在炕上，一眼窑洞非常破旧。武承周告诉他，这便是日本侵华的结果，中国大地上有许多烈士遗孤，都像王留根一样在跌跌撞撞中生存。

相马一成详细询问了王留根的生活后，拿出五百元人民币表达了自己的心意，并送给他的三个女儿一人一份学习用品。

回国第二年，相马一成便整理出版了《从母与子的视角看放置的毒气弹》一书，将采访中了解到的日军侵华情况以及毒气使用情况做了呈现与说明。

武承周说，相马一成那一次来，还有一件大事值得一提，那就是他在武乡八路军太行纪念馆第六展厅发现了陈列着的一枚未使用的毒气弹。从上面标示的等级说明上，他看出这枚毒气弹一旦爆炸之后的威力。于

相马一成所著《从母与子的视角看放置的毒气弹》一书。（魏红胜 摄影）

《从母与子的视角看放置的毒气弹》一书中关于漆树坡窑洞保卫战的章节，图片为他拍摄的一名村中儿童。（魏红胜 摄影）

是赶紧告诉相关人员，立即处理。

1998年，相马一成第二次来到中国，带着他《从母与子的视角看放置的毒气弹》一书，特意送给武承周，以及武来水。这一次，他又专程到长治看望了王留根。2011年，相马一成在受邀去黑龙江参加“731细菌战相关情况研讨会”的间隙，第三次来到武乡。这一次，他特意带着礼品想再看看王留根。遗憾的是，王留根的妻子已经去世，王留根也因在襄垣女儿家未能见面。他又特意去了八路军纪念馆，得知那枚危险的毒气弹早已做了处理时，很是高兴。

《从母与子的视角看放置的毒气弹》一书中，相马一成也比较

相马一成在漆树坡为当年窑洞保卫战时民兵武来水（左）夫妇拍摄的照片。（魏红胜 摄影）

相马一成(中)2011年第三次来到武乡，专程到八路军太行纪念馆了解那枚毒气弹是否已经处理。

详细地描写了他的岳父新保太作在中国牺牲的情况。他说，他的妻子出生于昭和十九年(1944年)二月十二日，三个月后，父亲新保太作二度离开家，再次走上侵略中国的战场，辗转又到了神池县八角堡，驻扎下来。他所在的中队一共十七人。次年，也就是1945年2月18日，中队有十二名队员外出执勤，途中与兵力几倍于他们的中国军队遭遇，一番激烈的抵抗之后，队长以下十二名队员全部战死。留在八角堡城内的五名士兵一边坚持，一边求救分遣队，但因为最近的也距离他们有七十公里之遥，来不及救援。绝望之际，他们只好把文件及电台全部毁掉，在墙壁上写下“天皇万岁，再见”几个字后，于第二天黎明全部战死。

这些日本士兵，以死亡的形式掩埋了他们在中国大地上制造的斑斑血迹。

相马一成(前坐者)在神池八角堡为如他岳父一样逝去的军人祈祷冥福。(王照骞 提供)

那一年，相马一成的岳父新保太作三十六岁，是一名兵长。他远在家乡的女儿刚刚一岁，也许刚学会叫爸爸，却与武承周以及王留根一样，一生的概念里没有了父亲的形象。

多年来,相马一成一直记得岳母的嘱托,期待早一日来到中国山西,看看岳父战死的地方,看看神池八角堡的一家人,替一生未能走进中国的岳母圆一个梦。无奈因为中日邦交没有正常化而未能实现。直到1996年,相马一成终于如愿,跟随慰灵旅游团来到中国,来到山西,走进神池八角堡。在这里他在行走中沉思,又在沉思中行走,完成了多年的一个梦想。

在八角堡,他替岳父偿还了欠下的心债。并以自己的方式,为他的岳父,以及与他岳父一起战死的亡灵做了祈祷,带他们魂归故里。

在中国山西的土地上,相马一成的心是沉重的。他的妻子,中国的武承周、王留根们,都是战争的牺牲品,都在过早失去亲人的路上艰难前行。他们的人生,因为缺了亲情,注定是不完整的。尽管阳光同样普照下来,尽管岁月一天天过去,但他们心底的创伤,却很难抚平。

武承周与相马一成这种别样的情缘,就这样延续着,隐隐作痛。

回不去的胡家堖

像王留根这样的战争幸存者，很多。他们幸运，因为活了下来；他们不幸，因为之后漫长的岁月都要承受失去亲人的痛。

马庄村八十二岁的赵恩庆一提当年，便是一声长叹："我一家都在胡家堖死的，当时如果我在的话……"至此老人哽咽着无法继续，擦了擦眼睛说，"一会儿再说。"

惨案幸存者赵恩庆夫妇。（李晓斌 摄影）

胡家惨案中唯一的幸存者胡国珍。（王照骞 提供）

一旁的老伴接过话："唉，一说就伤心。"

今天，胡家垴早已成了一片庄稼地。这个发生过大惨案的村庄，像从未在这个世界上出现一样。

也因此一路打问时，许多人并不知道这个村庄。胡家垴，成了从前的名字。

1938 年 4 月 17 日上午，刚刚结束了长乐急袭战的八路军几十名官兵抬着伤员来到这里，同时也与村里人分享胜利的喜悦。胡家垴是一个小村，仅有六户人家，都属一个家族。但那天来村里的人却特别多。长乐滩战斗失败后，日本人在返途中一路报复烧杀。马庄村地处马路边，因此村里许多人也选择到更加隐蔽一些的胡家垴村。

那一天，敌人在胡家垴的杀人地点就是赵恩庆的大姑家。从马庄村步行半小时就可到达胡家垴村。那一天，赵恩庆的爷爷、奶奶、大爷、父亲、二姑、哥哥、二姐，还没起名字的弟弟，都到了胡家垴，还有住在附近村庄的胡家垴其他几户人家的亲戚。全村人一边开心地聊着胜利的消息，一边忙着为八路军做饭，照顾伤员。据之后的幸存者胡国珍（小名胡二旺）说，那天小小的村庄里吃饭的人竟

左起：胡国珍警卫员、胡国珍、胡国珍妻子张力、儿子胡平。（王照骞 提供）

达到一百五十多人。

没想到刚吃过饭还未来得及收拾饭碗，一架日军飞机擦地飞来，把胡家堖村侦察得清清楚楚。一看不好，八路军果断动员老百姓快速转移。一些外村的百姓也跟着八路军离开。当第一批腿脚利索的村民刚刚离开十几分钟后，日本鬼子便像发疯的狼一样闯进村。他们疯狂地寻找八路军不得，把仇恨通通撒在眼前的百姓身上。胡国珍后来回忆，日军先把包括五名八路军伤员在内的十八个男人用铁丝从鼻子、耳朵、胳膊等部位一一串起来，之后用机枪一通扫射。年仅十三岁的胡国珍紧紧拉着父亲的手，恐惧之余，却机智地未中弹先倒下。扫射完的敌人却并不甘心，又在倒下的尸体上乱刺。胡国珍尽管在最底层，还是被在小腹部连捅 7 刀，大小肠瞬间流出体外。之后，一群禽兽又将胡国珍的奶奶、母亲、大娘、婶婶、

胡国珍家遗址，当时是坐西朝东一连三串院（此为北院）。

嫂嫂、姐姐，以及年仅九岁的外村外甥女全部轮奸之后杀害。

当时，胡国珍的母亲与婶婶正怀着身孕，日本人就用刺刀挑出婴儿，举在空中狂笑。之后竟然又把孩子的心肝挑出来，说要当作下酒菜。

赵恩庆老人愤恨而沉痛地说：真的，都是真的。

在场的幼儿，敌人也一个不放过，被他们赶进一个窑洞，推倒在他们母亲流血的尸首上。孩子们伤心号哭之际，敌人竟将窑中的十几钵白酒浇在孩子们身上，点燃……

一个半小时，现场五十四口人（胡国珍全家便有二十二口）全部被杀害。胡国珍的二大爷、二大娘及三岁的小堂弟，因事先躲进东窑的小里间，幸免于难。

日本人走后，胡国珍的二大爷从东窑出来。眼前的景象已经彻底麻木了他一颗伤痛的心，只是机械地一个一个翻看着刚刚还又说又笑的亲人的尸体。终于，他惊喜地看到胡国珍还有一口气，将这个孩子抱起来，送至八路军野战医院。之后的两年时间，在上司乡蒋家庄名医蒋凤鸣的精心治疗下，胡国珍终于又下了地。

恢复了健康的胡国珍怀着一腔仇恨，带着满心血泪参加了民兵爆炸组，配合八路军打日本人，被边区评为“小英雄模范”，同年又参加了129师，后随军南下。1955年转入地方工作，曾任武汉江岸区区委书记，1986年从武汉市计划委员会顾问岗位离休，1992年因肠梗阻去世，年仅六十七岁。

当年腹部的大伤痛，还是导致了他多年以后的死亡。

战火纷飞的年代，全家人在眼前被杀，一个十三岁的孩子，独自疗伤两年，只有他自己懂得其中滋味。以至于多年以后他的儿女听说父亲的故事时，惊讶从未听他说起过。对于肚子上、腿上的伤

胡家垴惨案牺牲者墓地。（李晓斌 摄影）

疤，他只是轻描淡写地告诉他的孩子：日本人扎的。此外不肯多说一个字。

如何开口？

离开家乡后，胡国珍多次回到胡家垴，祭奠亡灵。他去世后，女儿遵照他的遗嘱，在胡家垴给父母做了个衣冠冢，陪伴当年死去的亲人。

一家人，在旧土上终得团圆。

除了胡国珍，幸存下来的还有赵恩庆的二姑赵桃英，也即是胡国珍的姨姨。赵恩庆说他的二姑当时从死人堆里爬出来，鲜血顺腿哗哗流，却也顾不得疼，跌跌撞撞跑了出来。后来，也得到蒋凤鸣的救治，活了下来。

赵恩庆当时刚刚三岁。他说，那段时间，因嫁至巩家垴的大姐

胡家垴惨案幸存者，现年八十二岁的赵恩庆老人讲述当年时几度哽咽。（李晓斌 摄影）

2015年，惨案幸存者赵恩庆(右三)带人指认当年惨案窑洞。(王照骞 提供)

坐月子，他跟着母亲去伺候。否则，他们那一天也一定会去胡家堖大姑家的。

没有忍心问老人回来看到家人全部遇害时母亲的表现，以及若干年之后母亲巨大的心理余伤。他只说，后来母亲又与另一个男人一起生活，他也因此一天学都没有上。

赵恩庆眼里的无奈与屈怨，一直在闪烁。他说，之后村里人说，让日本人疯狂屠杀百姓的，还有一个原因，便是胡家堖村有那么多的酒与骡马。村子虽小，当年却养着四十多头骡子。他说大姑家就有五六头，大姑父就是赶牲口的，在曹村乡深泽滩村开有酒坊，平时也雇佣五六个人用骡子拉酒回来到各地卖。平时，他的家里总存有大量的酒。赵恩庆听老人们说，当时日本人到了胡家堖见到这些酒，当下就怀疑胡家堖是专门供养八路军的地方。

那些还没有卖出去的酒，成了杀死孩子们的凶器。

今天，胡家堖村早已没了人烟。当年惨案的院子前，生长着高粱玉米，地头只残存着当年大门上的石堰残件。

秋天的一张照片。繁密的高粱肆意地生长着，在那些苦难的人们身边。

“那天，他们把杀了的人都摞在一个屋子里。”马庄村八十四岁的陈书旺也记得胡家堖当年的事，他说，“女人们都给糟蹋了。”那几年马庄是维持村，他跟着家人一直住在村子附近一个圪梁上的十里坡，就在野地里挖的窑洞，直到段村解放才回来。“整整逃了八年，一口破砂锅，吃糠吃菜，大便时拉也拉不下来。”老人一直逃难到十岁，苦难裹满他的全部童年。他说年轻人哪里知道以前的苦，

马庄村八十四岁的陈书旺（左）给作者动情地讲述胡家堖当年的事。（王照骞 摄影）

以前哪里能想到现在种地收的粮食可以全部都是自己的。

老人还记得，有一次他与村里的许多人从逃难洞里被日本人搜出来，男人在西，女人在东把他们押在一个院子里，当时就是要把他们“死啦死啦”，但一个叫三秃的警备队队长给说了情，把日本人带走了。他叹：警备队也有好人吧，那次就沾了人家光了。听人说，这个叫三秃的人，后来除奸时被村民联名保了下来，没有遭受惩罚，也是对他抗战期间善待百姓的报答。

因逃难而左眼失明的米伏傲老人。（李晓斌 摄影）

离开马庄村，七十七岁的米伏傲送我们出来。一边走一边告诉我们，他出生的第三天就被父亲挑在筐里逃难，因没有奶水，又上火，四十天大的他左眼就坏了。

老人用幸存的一只好眼睛，一直送我们到下面的马路边，看着我们上车离去。

遗落在大别山的眼泪

三月二十日 雨

行军五里就到山西、河北交界地。这标志着过了关口，就要离开生我养我的山西省了，所以总是左看右看，恋恋不舍，想把东阳关相貌永记心头。但重任在身，只得随大队人马继续前进。

像死里逃生的胡国珍一样，抗战胜利后，一批又一批北方军人，加入南下大军的行列。唐代，王维一句“西出阳关无故人”，让出使安西的好朋友元二悲壮了一千多年，且将永恒地悲壮下去。

山西省长治市的黎城县，有一个东阳关，是太行山的一处重要关口，东通河北省涉县、武安、邯郸，西通山西黎城、潞城、长治，历来为兵家必争之地。五代后唐清泰三年(936年)，卢龙节度使、北平王赵德钧将幽州(北京)兵就是从“吴儿谷(东阳关古名)趋潞洲”的。明代时设有巡司，为上党通往河北之要道。1938年3月30日，解放军129师为打击日本侵略军从邯郸至长治的重要补给线，在徐向前副师长指挥下，以三个团的兵力于东阳关至涉县响堂铺之间设伏，打响了闻名的东阳关战斗，也称响堂铺战斗，激战两个小时，取得全面胜利。而之前的 2 月 15 日到 18 日，一支川军队伍，头戴斗笠，脚穿草鞋，携带极其简陋的装备，在李家钰将军的带领下，在东阳关奋力阻挡日军侵华，两千余名川军将士喋血战场，魂守异乡。

听说要拍照，老兵李发祥认真整理了一下身上的军装。

抗日的硝烟虽已散尽，但对于战士，东阳关无疑是一个沉重的泣血之地，更是迈出山西的最后界碑。

男儿也有泪。回望，刚刚落尽战火的家乡，炊烟环绕在一道道山梁上。父母、妻儿、乡亲虽满含创伤，却可以安然落座院中，重拾旧时光。久违的鸡鸣、狗犬声再次响起，烟火气重新弥漫在被鲜血一次次浸染过的土地上。

温暖的家乡啊，多想坐下来，炕上坐坐，地里遛遛。

可是，北方平静了，南方烽烟正盛。这些铁血男儿，必须再一次披起战袍，翻山、越岭，渡江南下。

文章开头的日记是 1949 年 3 月 19 日从长治出发的太岳区南下部队中一位战士记录的，在家与国之间，他无可商量地选择了后者，尽管几多不舍，几次落泪。

李发祥没有写日记，但与写日记的人一样，当年也是南下部队的一员。1947年8月27日，他与战友们跟着刘伯承、邓小平，千里跃进，挺进大别山，揭开了我军由战略防御转为战略进攻的序幕。

过黄河，渡长江，都不是北方人的擅长，他们平生见过最大的河便是浊漳河，如今却要领略黄河、长江这样的惊涛巨浪。

“那时候没有桥啊！”李发祥至今说来声音颤抖。战士们就挤在一条条小木船上，在惊涛拍岸中到达遥远的彼岸。

何况，南方的艰苦甚至恐怖，不时在战士中间传播。本来抛妻别子就是一种痛苦，再加上要去往土匪成群的“不毛之地”，还要再次扛起刚刚放下的枪，心里难免会掀起一波又一波巨浪。

四月十九日 晴

召开大会，宣布××（区书）、××（区委）临阵逃跑的惊人消息……对他俩处分：开除党籍，开除革命队伍，追回所发的东西。

果然，一些队员挺不住了，有人冒险逃跑。又是那位南下福建的战士，记录下这一消息。李发祥说，这消息不算特别爆炸，每一拨南下干部里都会发生，还有人宁肯身子一跃献身江水，也不肯再向南一步。战士们得到了一些不好的消息，去南方等于送死。可李发祥说，他没有想过逃，更没有想过死。他心想，还有什么比天天在枪林弹雨里更不能忍受的？

步行、平板车、火车、运煤小火车、木船、轮渡，部队最后渡过淮河，跌跌撞撞进入陌生的大别山。李发祥很努力地回忆，也记不清具体的村庄名字，根据他模糊的描述，应该是湖北与安徽交界的地方，因为他记忆里存着黄冈、陇海线这些关键词。

大别山的土地是红色的，这里是红军诞生地，是革命军队的摇篮之一，大别山特殊的地理位置也使得它具有重要的战略价值。红军离开大别山根据地远征陕甘后，国民党军就来了，之后中日战争爆发，日本鬼子接着又来了。

这是一片被血洗过的土地。日军占领之时，日本兵目中无人，狂妄至极。夏天只在腰间系一根带子，从裆部吊起一条白布便四处大摇大摆，在古老的文明之邦如入无人之境。他们赶走老百姓、抢光了粮食、牲口后，用钢丝绳系住民房后沿的房檩子，再用汽车在房前拉，将一栋栋民房瞬间夷为平地。

更令人发指的是，日本鬼子惨无人道地屠杀被俘的抗日游击队员：在寒冷的冬天，将因负伤落入敌手的三名游击队员严刑拷打，一无所得之后，在操场上放置了三口大水缸，缸内灌满了带冰碴的水，水缸周围架起柴火。三名奄奄一息的游击队员，被残暴的日军投入水缸，点燃柴火。可怜我游击队员先是冻得半死，后被活活煮死。

大别山，曾经满目疮痍，到处残垣断壁，尸骨遍地。大别山的人民，曾"逃生无路，水草捞尽，草根掘尽，树皮剥尽，阖室自杀者，时有所闻；饿殍田野者，途中时见……大小村落，鸡犬无声，耕牛绝迹"。

也因此，中途有战士宁愿投河一死。

日本投降后，大别山人民刚刚迎来了阳光、鲜花、和平。然而，国民党撕毁停战协定，使得这里再次成为战场。

必须解放老区，还百姓真正的阳光。

可是，"可难呢！"李发祥几次从脑中搜索，也觉得只有这个最朴素的词最恰当。

就是一个“难”字，只有一个“难”字。

首先是入住的困难。山区村庄不比平原，一些村子实际只有一两户或两三户人家，连一个排都住不下。

而没饭吃，成了最大的事。

他们掏出北方通用的纸币，可当地百姓说，这钱不能花。大别山，通用的货币还是现洋。他们百般解释，纸币现在没流通过来，但日后必然要流通，而且会很快。但本不富裕的百姓怎能理解，死活不肯收。

他们不收，战士们就得饿着。那时候，他们与后方的信息完全中断。手里有限的现洋很快花光后，成了身无分文的穷光蛋。

怎样活下去，成了部队最大的难题。

李发祥说，身在异乡，那种无吃无穿的苦，你怎么也体会不到。是的，无论怎样努力，我也只是在心里放开最大的想象，向他当年的处境靠拢。我知道，理解是一回事，体验却完全是另一回事。

于是，几近绝望的这些战场上的铁汉子第一次因生存而放声哭泣。第一次，第一次啊，李发祥强调。他们相拥而泣，之后抱头痛哭，眼泪里含着对家乡的思念，对亲人的想念，对土地的渴望，更多的是因前途渺茫而带来的恐慌。他们的内心空空荡荡，许多人不相信，之后有一天会结束这样的生活，穿上一身暖衣，吃上一餐饱饭。

这种比战争还要残酷的现实，源自他们处在陌生的异乡，源自他们想回家，却无望。也因此，他们一度羡慕当初在江上的同伴，用纵身一跳了却此后无边的绝望。

绝望，却依旧要扛起枪。除了反围剿，大别山的土匪也很猖狂。走在路上，时时会遭遇冷枪。执行任务时领导会一路叮嘱：跟上！千万别掉队！李发祥说，如果落下三五个人，一定被土匪抓去。

作战不是最可怕的。有时候，饿、冷，才最消磨人的意志。李发祥说那时天天睁眼之后不是考虑今天吃啥，而是想今天能不能吃上点儿啥。战士们充饥，全靠当地百姓“施舍”，与叫花子没两样，饥几顿是常事，却不敢去想饱一餐。刚开始，当地百姓还不了解这些衣衫褴褛的战士，误认为他们也与在这片土地上把刀枪挥向百姓的匪徒一样，不用说主动与他们接触，总是千方百计躲着他们。

老兵郝生荣与李发祥(右)。

有一天战士们实在饿急了，摸黑跑到一个村子，但人还没进村，狗却叫上了。村人于是全部转移，还带走家里所有能吃能用的东西。

那场景，像极了抗战时期，村里的百姓躲避日本人。

有人家把锅藏在河里，被战士兴奋地发现。更重要的是找到吃的，可是他们翻遍所有的地方，都一无所有。饿急了的战士们不灰心，使出当年打日本的坚韧，地毯式搜寻。后来有心细的战士对一处堆放着满满水稻秆的正面房子产生了怀疑，大家决定不惜力气去翻翻。当把所有的水稻秆都移走之后，竟然发现下面是一口棺材。

打不打开呢？战士们不甘心这棺材只是一口空棺材，但他们还是不敢擅自做主，于是向领导做了汇报。看到深夜为一口饭而几乎耗尽了力气的战士，领导犹豫后同意了。

棺材一打开，便引来阵阵欢呼。满满一棺材白豌豆向他们绽放着笑脸。

“你不会想到，不会吧？我说的是当时的心情。”李发祥喃喃地问我。他的眼神告诉我，一边是填饱肚子的愉悦，一边是强盗般的负罪感。他们事后能做的，只有把空棺材盖好，把水稻秆复位，把这笔账，深深记在心里。

一寸一寸，我觉得自己正走近他的内心。尽管时隔近七十年，旧伤依旧清晰可见。

这样下去，不是办法。李发祥说邓小平就是厉害，他与各级领导一边安慰战士，一边给群众做宣传，一边排除困难，终于打消了百姓初始的疑虑，把战士们妥善地安排到当地的村庄，分配到每一户农家。

战士们的劲，总算找到了使的地方。他们除了剿匪，把自己有限的力气毫不吝啬地给了百姓，挑水，砍柴，照料老人，看护孩子。李发祥说，每天不知道要喊多少次大爷大娘。而百姓也惊奇地发现，这些兵与别的兵不一样，是一群保家卫国的好兵。有了这些部队，百姓的生活立即稳定下来，再也不担心外来骚扰。

渐渐地，百姓使唤战士与家里人一样了，吃饭也不再分彼此。再也不用担心饿肚子的战士们有了劲儿，开始给百姓宣传政策，希望把浪迹在山里做土匪的家人叫回来，耕地，过日子。解放军告诉百姓,如果消灭不了土匪,他们不会出山。谁都不愿家人被活活困死,加上一层一层深入人心的道理,当地百姓的眼睛终于明亮起来,一传十,十传百,先是一个一个,再是一批一批,那些无奈走上土匪路的村民,慢慢从山上下来,扛起锄头,坐上久违的炕头。

土匪的力量,就这样一点点被瓦解。

这期间为解决官兵们穿衣难的问题,解放军还多方做工作,动员当地一些富人先垫钱买下布与棉花,给部队官兵做了冬衣。当地裁缝也很尽心,一针一线给战士们做好每一件衣服。尽管如此,衣服还是不能统一。李发祥说记得大家都穿上新衣服的第二天,部队紧急集合外出执行任务。当战士们一个个跑出来站好队列时,所有人却忍不住抛开纪律哄堂大笑,因为这支部队,看上去实在是太可笑了:战士身上的衣服,竟然由黑色、灰色、绿色、黄色等多种杂色组成,有的是解放军服装,还有的竟穿着敌人的衣服。李发祥说,如果不是纪律严明,步调一致,真像扮秧歌的队伍一样。

战士们的笑声,与百姓的笑声融合着,在大别山的上空高高飘扬。

两年多的时间,战士们硬是把日子熬成家乡的小米粥,不稀不稠,不烫不冰,恰到好处,香绵可口。

而人民解放军强渡长江的消息,也很快传来。李发祥说,那一天是 1949 年 4 月 20 日,他至死也不会忘记。

四十天时间,大别山中的战士们竖起耳朵,聆听着渡江战役顺利结束,在大山里高举起欢呼的旗帜。

战士与当地百姓,已经完全融为一体。开始互相听不懂的方言,如今也可以顺利交流了。解放军吃什么,就给孩子们吃什么;百姓家做什么吃的,也首先想着这些战士。

在整个反围剿过程中，当地百姓也自愿参与，他们给部队供应粮食、柴草，还协助作战、当向导、送情报。尤其是在救护工作上更是尽了最大的力量。

就是军民鱼水情，李发祥用这一句话形容了当时的军民关系。

如鱼得水的日子，暖得没有知觉，总是流动得很快。

山里宁静了。

北方的战士，该回家了！

都哭了。“不是为了能回家，也不是不想回。”李发祥形容当时的心情，“说不清。”

我理解，却也说不清。

战士们打点行装要离开时，所有村庄的百姓倾巢而出。李发祥所在的村庄，距离解放军营部三十里。百姓男女老少，也不说话，默默相送，默默落泪。有亲如母子泪，有恋人相思泪，有少年依恋大哥哥的泪，更多的是鱼儿离开水的泪……不同的心情，撕扯在这寂静的深山中。想唤，唤不出；想喊，怕撕裂。

后悔当初啊，初见时敌视战士们的仇恨时光；后悔当初啊，眼睁睁看着战士们饿肚子的时光；后悔当初啊，让战士们在寒风中穿着单衣穿越山林的时光。于是战士们走，他们也跟着走；战士们停下来，他们也齐刷刷停下来。说不完的嘱托，道不尽的想念，此生再也不可能有的再见。战士们一狠心，不再回头，噙泪大踏步朝前走，后面有些孩子包括大人终是忍不住，哭出声来。

瞬间，泪水翻飞，荡涤在大别山深处。

“我后来可想一个孩子呢，天天叫我叔叔，天天摸一遍我的枪。”李发祥沉默许久，“就是没法知道，他长大之后，如愿当了解放军没有？”

“可想知道呢！”说完这一句，他望着窗外，不再讲任何事。

李发祥住在县里的光荣院。直到今天，他还无比想念大别山中那些想当兵的孩子。

随着这位老兵哽在内心的泪，我其实格外想亲近一个群体。在生命长河中，李发祥他们在大别山的几年时光，毕竟太过短暂，最终的他们，还是安然回到自己的家乡，睡在自家的炕头，又可以一年年享受小米粥的时光。

可是，当年一道南下的高级干部，大多数却再也未能回到家乡。当初他们为了南方城市的管理、群众的安抚、秩序的规范甚至经济的发展，甘愿抛妻别子，走进这个全新而陌生的“战场”。

尽管，为解决南下干部的后顾之忧，组织上特别对他们提出五点照顾：一是南下干部家属按军属待遇；二是家庭经济困难的给予补助；三是家中缺乏劳动力的，由区村给予代耕；四是南下干部家属在农村的，可以批准回去探亲；五是女干部不能跟队行军的暂不南下，等新区环境安定后，派专人来接。然而，对于 1945 年上党战役之后就已经过上安稳日子的太行山区干部而言，这条路无疑再次打乱了他们尘埃落定的生活，且风险重重。不用说自己性命不保，就连随军的家属，都完全有可能变成“烈属”！

南下！南下！纵有万般不舍，纵有千言万语，国家大局终归是第一位的。所以，人民解放军解放全国的滚滚洪流中，随处可见南下干部的身影。他们与一个城市、一个地区绑定，一寸土地一寸土地替当地人民收复家园，重整河山，在遥远的异乡土地上“献了青春献终身”。

巍巍太行山，只能遥望；静静浊漳河，只有遥想。纵使有过曾经金戈铁马的岁月，气吞山河的勇气，却蹚不开一条回家的路。多少次听说，一些南下干部年迈之后，常常睁眼便要打起铺盖“回家”。也有许多老人舟车劳顿，踏上回乡之路，然而不仅找不到当年的窑洞，还一遍遍遭遇“笑问客从何处来”的尴尬。

他们的家，已经安在南国；他们的后代，已经听不懂乡音。

家乡，倒成了他乡。当年风华正茂的他们，最终只能像一枚枚风中的落叶，飘零在异乡的土地上。

只留英魂望故乡。

雨倾盆，那个拄杖的身影……

与李发祥一样从大别山中摸爬滚打出来的，还有魏志堂。

2015 年见到魏志堂老人时，他刚刚在北京参加完“纪念抗战胜利七十周年阅兵活动”不久。尽管已经过去了一个多月，他说到这一次去北京还是异常激动，根本没有想到会以老兵的身份参加大阅兵。他还告诉我，在北京期间，国家对他们这些老兵照顾得非常好，卫生、护理，还有专车，反正是说不清的高兴。

说着说着他却话锋一转：“就是觉得对不起牺牲的同志，心里非常难过，功劳都是大家的，只是有你的一小部分。”

老人的心绪，便顺着他的讲述回到从前。

“那个时候，根本不知道排长、连长、营长叫啥名字，更换太频繁了。一个班的人还行，可常常连熟悉的时间也没有。”想让魏志堂老人挖一些心灵深处的记忆，他却如是说。

魏志堂在武乡县城一个居民小区，与儿子同住。门开后，一个中年女子热情引我进入，倒茶，聊天。后来才知，她不是女儿，是儿媳。

老人眼下是安享晚年的生活，魏志堂是我采访到的十几位老兵中条件最好的两位之一，这令我倍感欣慰。

魏志堂1945年参军,1955年退伍。从二十三岁到三十三岁,他把一生中最好的十年放在保家卫国上。他目前生活处境相对好一些,与当年退伍后直接被分配到县人民银行直到退休有关。

时间走到今天，魏志堂老人的一生可以分为均等的三段:战争、工作、退休,每一段都是二十多年时光。1938年日本人在武乡县发起九路围攻时,他年仅十六岁,却早已是一位合格的民兵。那时候,他晚上掩护群众逃难,白天搞生产。他说民兵的任务就是扰乱日本人,不让他们走进,不让他们拿走一颗粮食。他清楚地记得,他与村民们扛着土枪土炮,翻到上司村梁上的天主教堂,硬是把冲上来的敌人打回段村。说到这里时他哑声笑了:那时候连手榴弹都是柳沟村自己生产的,有的扔出去都不响。

采访过的抗战老兵中，只有魏志堂保留有一张曾经当兵年代的照片。

敌人先进的武器可以打掉一个村庄,甚至一个县城,可是打不散人心！像魏志堂一样的百姓凭着自身的智慧,协助八路军一路打过上司,打到富庄,打进县城,举着从鬼子手里缴获的二十挺机枪,红旗在高高的段村塔上迎风飞扬。

听说过消息树吗?魏志堂老人问。

课本里看到过。

他说，消息树倒了,就是麻烦来了。每次消息树一倒，他们就要掩护村民往深山里奔跑。可是，不可能每一次都是顺利的，应该是每一次都不是顺利的。

在消息树下从少年走向成人的魏志堂，哪怕吹来一阵风，都会让他胆战心惊。

看，消息树又摇晃了，却不是风。他真切地看到，倒了，先是邻村的，后就是他们村的。

快跑！

魏志堂老人像当年一样，急切地在我面前喊了一声快跑。我脑子里突然想到小时候，我爷爷给我讲述当年他带着小个子奶奶，筐里挑着我大姑与我父亲往深山里快跑的故事。

爷爷奶奶们的日子，就是随时准备快跑的日子。

魏志堂的父母，当年一定与我的爷爷奶奶一样，随时扔下手头的活计、手中的饭碗，奔向大山里。

可是，他的母亲远没有我的奶奶幸运。魏志堂的母亲，就是在这样的逃跑途中，死在敌人残忍的屠刀下。

两个民兵儿子尽职地保卫着村庄，却没能保护好自己的母亲。

而让魏志堂到今天还急切地喊出“快跑”的那一天，消息树倒得更加悲壮更加不同寻常。

敌人来的时候，民兵们正在开会。其中有他当民兵指导员的亲哥哥。当时哥哥一挥手，其他人先走，尽快走！哥哥把民兵花名册揣在身上安全的地方，最后一个撤离。然而，然而……无数次从敌人眼皮下成功隐藏起来的哥哥，这一天却落在敌人手里，在自己的村庄，在熟悉的小路上。敌人如获至宝，把他哥哥结结实实捆起来，准备着接下来的审问。哥哥不怕鬼子，却无比担心身上的花名册落在敌人手里。于是在路上，他瞅准时机，纵身跳进村中的水池里。

恼羞成怒的敌人急了，他们不知道，眼前这个水池其实并不太深，敌人担心这个“俘虏”潜水逃跑，举枪打死了哥哥。

魏志堂没有亲眼看到哥哥的死，印在他脑子里的，就是回村后水池里的一汪红。

那刺眼刺心的红，成了抹不掉的永恒。

魏志堂是带着满腔的红色仇恨，穿起军装的。之后，他随着八路军 129 师的步伐，一路征杀，开始了小米加步枪的日子。

魏志堂的记忆里，“成天在走路”。穿着用谷秆灰与槐花灰染色的军装，日日在走路，日日在战斗。

过年也不例外。

又一个年被战士们盼来了，原因是可以吃到肉馅饺子。魏志堂说当时以班为单位，自己包。可是有一个年，热气腾腾的饺子还没有出锅，战斗的号角却已经响起。锅里可是盼了一年的饺子啊，怎么舍得丢下？匆忙中，战士们把没怎么熟的饺子匆忙盛在各自的碗里，边列队跑边就着寒风吃进肚子里。

即使下一刻死去，味蕾的满足也十分诱人。

一年三百六十五天，从来就没有脱掉衣服睡过觉。每天，一百发子弹，一个米袋，一支步枪，还有手榴弹，六十斤重的东西在身上背着。晚上也不敢解背包，就这样躺下，把枪夹在双腿间，手榴弹放在手边。

从春到冬，战士们终于打出太行山，准备挺进大别山。

1947 年，魏志堂也加入解放战争的大军中。6 月 30 日晚，黄河北岸一声号令，刘邓大军战船齐发，势如破竹，一举突破了国民党军队自以为可抵四十万大军的“黄河防线”，揭开了人民解放军战略进攻的序幕。

刘伯承(右)与邓小平在武乡。(王照骞 提供)

序幕打开,通往大别山的路却困难重重。

遇到羊山集。

这里,保存着魏志堂大多数战争的记忆。

羊山集是山东金乡城西北三十里处的一个大镇,背靠羊山,当时居民千余户。这里石砖房居多,东南两边地势低洼。羊山集得名镇北面一座东西长约两千米、高四百米的孤山,远远望去犹如一只卧着的绵羊。

1947 年 6 月的最后一个晚上,突破黄河天险的刘邓大军遇到严阵以待的国民党部队,对方整编第 70 师一个半旅、第 32 师两个旅、第 66 师两个旅,分别抵六营集、独山集和羊山集,南向北摆成了一字长蛇阵,准备痛击渡河而来的解放大军。

1938年，左权(左二)、刘伯承(左三)与部队文工团合影。(王照骞 提供)

可是，雨倾盆。

浪漫的雨季啊，偏偏出现在硝烟弥漫的烽火里。

年轻战士的血肉之躯，需要承载多少艰难和沉重？

连续的雨，连绵的雨，将双方军队困在泥泞里。许多时候，战士们只能躺在战壕中的泥水里，一动不动。

就是这个时刻，魏志堂见到了刘伯承。当日的情景，今天依然历历在目。他说，刘伯承拄着一根手杖，带着一双疼惜的眼光出现在战壕里。泥泞中看不到他穿了什么样子的鞋，就那样挺立着给战士们鼓劲打气。那么大的首长近在眼前，浑身淌满泥水，炯炯有神的目光给了战士们坚定的信念。那一天，刘伯承还带来西瓜，他的手有力地挥在倾盆大雨里：吃过西瓜，我们打过羊山！挺进大别山去！

当时的魏志堂不知道，站在他们面前的刘伯承，带着一只伤眼，拖着一条伤腿。他炯炯有神的目光，不是出自他的眼球，而是发自他的内心。从 1913 年开始，年轻的刘伯承就转战巴蜀，十余载岁月里五次绝处逢生，成为闻名的川中名将。后来，他毅然与旧军队决裂，加入中国共产党，跨出人生中重大抉择的一步。彼时，他挺立在连绵的雨里，谁知他三十年前丰都之战失去一只眼，大足之战险丢一条腿？

今天，还有多少人有力气忆起 1947 年那个 7 月？又有多少人知道 1947 年那个 7 月？在羊山集，那么多战士泡在雨里，为脚下的土地展开一场又一场鏖战；有一位伤痕累累的将军，他二十四年前重伤过的右腿浸在雨水中依旧会痛。怒了的雨，急一阵，缓一阵，始终不停歇。交通、通信、吃饭都成了问题。

只有子弹在飞，一直在飞。

魏志堂说，他同一个班的战友，就是在这场战争中，就是在这样的雨里，被一颗子弹击中。“他紧紧与我挨着，就倒在我的胳膊上。”魏志堂说，“轻轻把他扶到一边，说不来啥心情。”冰冷的雨里，一切都是冰冷的，可他那刻分明感到一股热，从战友的身体里流出来，传遍他的周身。

雨水，瞬间变红。

这红色让他想起家乡，他的村庄，那个被哥哥染红的水池。

肩并肩的战友与当年的哥哥一样，成了另一个世界的人。

魏志堂至今想来心里酸酸的。战友来自河北武安，生前挨在他身边，死后贴在他身上。雨水里看不到眼泪，战场上不相信眼泪。他记得当时轻轻把战友推开，猛地端起枪。

一切都来不及，包括难过。

刘伯承(中)在左权桐峪。(王照骞 提供)

27号,天气放晴。下午六时三十分,部队发起总攻。瞬间,野炮、山炮、迫击炮交织着怒吼着,火龙似的射向羊山主峰。

极度疲惫的羊山最后挺立起伤痕累累的身躯,怒吼着迎接了连续28天作战之后的胜利。刘邓大军以歼敌四个整编师共六万余人的战绩,收复了鲁西南地区,揭开了人民解放军战略进攻的序幕。

刘伯承兴奋之际,激情赋诗:

狼山战捷复羊山,炮火雷鸣烟雾间。
千万居民齐拍手,欣看子弟夺城关。

8月份,刘邓大军分三路挥师南下,开始了千里跃进大别山的壮举。中国革命这一"历史的转折点",魏志堂至今说来总觉得能参与其中是幸运的。

魏志堂的伤，也是在这场战争中落下的。炮弹炸响，他的胳膊上、腿上、手上都挂了彩，被送到山东治疗。他庆幸自己比武安的战友幸运一万倍，尽管带着伤残八级的身体，却好好地活到今天。

当时经过短暂的治疗后，他很快回归部队，投入护送大军南下大别山的队伍中。

今天的魏志堂老人，还有少许弹片残存在胳膊里。他说天阴时会发痒，但不疼了，指头筋也不对。不过他说这是七十年前从战场上携带到今天的印记，也让他时时铭记，那么多战友从他眼皮底下失去了生命，他需时时为他们送去另一个世界的祝愿。

儿媳妇说，老人是多年以后才走出战争的。之前从来不在他们面前提。后来随着岁月的流逝，老人内心的伤痕或许慢慢减轻了一些，也或许是害怕后辈忘记？有时他会把孙辈们叫到身边，给他们讲曾经的这些故事。

魏志堂老人骄傲地说，现在他的二儿子是军人，在南京军区；儿子的舅舅也是军人；一个孙子也是军人。他从来不后悔，自己走上战场。他一直倍感欣慰，用自己手中的枪为母亲与哥哥报了仇。

倒在他怀里的那位武安战友，也可以安息了。

魏志堂与作者。

采访当天，遇当地银行的同志上门赠送“纪念抗战胜利七十周年纪念币”。

魏志堂老人今年已经九十四岁了，他越来越感到孤独。他说当时他的村庄与他一起穿起军装的有二十多人，现在却只剩下他自己。

时而开心，时而难过；不想回想，却时时要回想。

采访要结束的时候，魏志堂工作过的银行有关人员上门，给他送上一套抗战胜利七十周年纪念币。这个曾经近距离接触过刘伯承、给彭德怀站过岗的老人将纪念币捧在手里，开心而不安地说：“还给我送东西，又给我送东西？”

“平静”的上司

是的，超过九十岁的老人是孤独的。他们的世界，封存着一段无人应和的历史。不想提，又期待人走近。

上司村的赵贵和整整九十岁了。他因感冒和气管炎躺在炕上。外面阳光很好，屋里暖烘烘的。这不，听说打问日本人入侵的事，他呼地坐起来：我当年就被他们捉到段村，扣了五天。

那时候，县城段村被日本人侵占。他与抗日村长赵永旺等三个人被抓去。当时他年龄最小，伪军把他叫到跟前，拿出指挥刀：“不说实话就死啦死啦的。”他连连点头，可是在对方问他村长名字时，他机智地把“永叿”说成是“永德”。当时他才是一个十多岁的孩了，对方自然也就比较相信他的话，在被扣五天未果后被放回家。

上司村没有发生过太惨烈的战争，却也被日本人顺带杀死了十几个百姓。他一一回忆：三个村民因伪军吃了他们的羊，在与对方理论时被带到村里一个河堰附近，推至沟下被杀害。还有赵玉龙（音）的父亲带着徒弟在关家垴做木匠活，日本人在一次酒后把他们杀害，同时被杀死的还有村里赵书胜（音）的妻子与女儿，当时在关家垴住娘家。还有赵德芳的父亲，赵景方的哥哥等人，也是在逃难中被日本人打死的。

抗战期间，上司村与中国千千万万最平常的山村一样，没有发生惊天动地的惨案，却也有一个个百姓因此丢了命。这就是战争的正常状态。那时候，村里家家都备有逃难窑洞，“逃难窑洞已经成了家。”赵贵和老人说。那几年，他自己就经常打窑洞，百姓最大的事就是逃难。

说到这里，他的儿子说了几件老人们传下来当笑话讲的故事：一次听说日本人来了，赵砚田的娘一把提起炕上只有几个月大的孩子，一口气跑到三里地之外的邻村小店沟里，觉得稍安全一些时，才意识到孩子好长时间没有声息了。低头一看，才发现她紧紧抓着的一直是孩子的双腿，孩子就那样头朝下被她提着跑了好几里地。还有三河的娘，一听说日本人来了提起孩子就跑，到了地方才发现手里根本没有孩子，而是一个枕头。然而已经晚了，回不去了。在外整整一天，她惦记了一天，哭了一天，觉得独自在家的孩子一定是没有了。好在日本人走了之后，回去一看，孩子还在，只是连哭的力气也没有了，抑或是压根就没有哭。老人们常说，那个时候，气氛恐怖得无法形容，总之那是一个孩子不哭狗不叫的年代。所有的生灵都用沉默守护着随时可能丢掉的性命。

日本人走后，十九岁的赵贵和到了襄垣的裕华军民联合工厂，赶上扩军，他便穿起军装，进入第二野战军。之后一路过黄河，挺进大别山；他记得淮海战役时他们战斗了四十多天，曾被毒气熏得又打喷嚏又流鼻涕；1949 年又随部队渡过长江，解放了南京；之后又打到浙江金华，再步行到四川，当时他们一人得到一块现洋。让他印象最深的是打下开县时，才知道那里是当时野战军司令员刘伯承的故乡，“那些欢迎的群众啊！”赵贵和到今天也无法形容当时沸腾的人群，“那花儿，撒得我们满身都是。”

少年便被敌人抓，之后参加过淮海战役的九十岁老人赵贵和。（李晓斌 摄影）

在部队，赵贵和早早地加入中国共产党，一路做到连指导员。他说当时不怕打仗，或许是那种环境中已经不知道害怕了。当时不管大小职务，都有好几位后备人员。“一旦哪个牺牲，后备的就要马上顶上！”赵贵和说，“都是随时准备牺牲的。”

除了中过毒，他是幸运的，另外还因为在一个什么地方的楼顶睡觉伤了风，几个月无法行走。最危险的一次，是亲眼看到连长及指导员在屋子里被一枚迫击炮炸死。而他觉得脸上不对劲，手一摸才发现是炮弹碎片扎进皮肤。

赵贵和最终因为没有文化，选择离开部队。“其实当时不错，刘伯承让我留下学开坦克。”可是他看不懂那些书。“我就光听人家讲：上坡 45 度，斜度 25 度，水里一米。”对这些，他记得清清楚楚。说到这里他又笑着说：“一次我看到坦克里面，咦？还有一个暗道。原来开坦克的人遇到危险可以从这个通道溜掉。”

曾经的硝烟弥漫，被他讲得云淡风轻，也化解了我一路的沉重。

上司村大多数村民是天主教徒。因此抗战期间，村里许多人跟

今天依然屹立在上司村的百年老教堂。

着教会，参加了抗战救援队，用实际行动进行抗日。然而他们也近距离见证了战争的惨烈，感受到战争的残酷。赵贵和的儿子说，听老人们讲，当时战争最激烈时，把救援队都打散了。村里一个叫赵中庆的找不到队伍后，独自从长治走了回来。“像叫花子一样，他娘都不认识他了。”

赵贵和时而坐起身给我们激情飞扬地说一阵，时而又躺在身后的被子上平平喘。

我要走时他问：你专门来问这些？

我说是呀。

他疑惑：问这干吗？

我说记下来，让现在和以后的人们记住。

他嗨一声笑了：谁记这个！

赵贵和（右）老人对当年的讲述很风趣。（王照骞 摄影）

七十年前的老班长

魏太合第一次受伤，就在离上司村不远的禄村梁上。

像以前每一个庆祝抗战胜利的活动一样，抗战胜利七十周年，他依然是老兵中当之无愧的“领头羊”，各大媒体及活动中，他的出镜率最高。与他在山西省老年公寓同屋居住的同乡老兵郭贵云这样评价他：那口才可好呢，说起来呱呱的。

魏太合在武乡接受媒体采访。（来自网络资料）

于是我便等到媒体热过去之后,在次年夏天找到他。走进山西省老年公寓,才发现这里的布局是许多栋别墅式的楼。在院子里随意问一位乘凉的老者:知不知道一个叫魏太合的老兵?老人手一指:6 号楼。

跨过小桥流水处,拐过一个爬满植物的回廊,在 6 号楼前碰到该楼漂亮的管理员。可她说:魏爷爷出去了,不知道转悠到哪里,也没有手机。她为难地带着我,在院里问了几位老人,大家都说没有见到魏太合。管理员说:你进他屋里坐吧,我找找去。

魏太合住在一楼楼梯左侧的屋里,挂一个纱门帘,门大开。同屋的郭贵云回老家了。屋里干净整洁,两边墙上分别悬挂着毛主席、习总书记的大幅照片。环绕着两位领导人的,是魏太合的各种照片。靠窗户的一张床上支着白色弧形蚊帐,里面叠好的被子及枕

魏太合居住在省老年公寓的宿舍。

赴京参加抗战六十周年庆典前，魏太合开心地唱起歌跳起舞。

头上分别盖着一条大红喜字枕巾。窗台上也立着许多他的各种照片及荣誉证书，一束百合花守护在一角。

小小的屋子里散发着家的温馨，也弥漫着军人井然有序的气息。

不到十分钟，外面一个声音喊进来：魏爷爷回来了！我赶紧出门，他却已经大步掀帘进来，把手中的手杖靠在门边。

问他从哪里回来的？他说在另一栋楼里打牌。

其实他未回来之前，管理员就跟我说，魏爷爷身体可好了，红光满面的，每天下午自己要把白酒温好，喝上几小杯。他也几乎不在屋里待着，总是在外面到处转。确实，眼前的魏太合老人，精神实在好。也许是受去年采访的十位抗战老兵影响，与他说话时，我声音很高。然而几句过后，我发现九十二岁的他不仅听力极好，而且说话像年轻人一样流畅，交流没有丝毫障碍。

于是，在门外几位老人的聊天背景里，我们轻轻走进他从前的世界。

魏太合老人开口就说，档案丢了，党籍也丢了。

1938 年 3 月，一支部队悄然进驻武乡县贾峪乡贾峪村，有三百多人，分散在村里，包括他家院子。起先说是中央军，后来才知道是八路军，386 旅的老二团。

那一年，魏太合十四岁。他总是好奇地看着这些人，甚至是在吃饭的时候。于是有一天，其中一个人开口了：孩子，回去拿碗来，给你盛一碗。魏太合说他就这样跟着人家吃了好几天。又一天，这个人问他：当兵好不好？

他说好。

你想不想当？

要我？

想当就要。

魏太合后来也知道了，此人是供给处处长，湖北人。后来这位处长征求魏太合家人意见时，魏太合母亲说："儿子愿意去就交给你了，该骂骂，该打打。"又回头叮嘱儿子："见了钱，千万不能往自己口袋里装。"就这样，年少的魏太合跟着这位供给处长离开家乡，辗转在太岳区。他说，路上走不动时，处长就把自己的马让给他骑，晚上还要喊他起来小便。他记得跟着去了安泽县，那时候八路军还没有进驻。

魏太合所在的供给处，就是后勤部门，然而他间接见证了百团大战的全过程。那期间，日本人经常展开扫荡。1940 年已近腊月天了，战士的棉衣棉被还不敢到位，就怕敌人一扫荡全部烧光了无法过冬。他记忆最深的，还是关家垴之战，那是 1940 年 10 月底。他是战斗结束后去的战场，魏太合没有想到，他一生中第一次面对尸体，竟是以这样惨烈的方式。

满目的尸体啊—— 一个叠着一个，一个摞着一个。趴着的、仰着的、卧着的、抱成团的、嘴巴依旧处在喊叫状态的……那些阵亡的人，不是一个个，而是一批批。魏太合处在大片死去的战友当中，一颗心淌着血，抽得一阵阵疼。他不敢看，却必须看。他的任务是将每一位阵亡战士衣臂上写有"八路"二字的牌牌撕下来，按照后面的档案整理好交到所在的团部予以登记。那个时候，魏太合就发现，幸运的战士是死后身上衣服还保持完整，"八路"牌牌还在手臂上。然而有太多战士是不幸的，炮弹无情，让他们以支离破碎的方式离开这个世界。

他们悲壮而死，他们身体的每一处都依偎在这片土地上，可他们是谁？只有这片土地知道。

那一刻您在想些什么？我问魏太合。

"能想什么？"魏太合说，"我随时会死去，谁知道我是谁？"

1942年春节，部队在武乡度过。正月十五那天，处长对我说：出来也快四年了，现在离你家也就二十里路，给你三天假，回去看看妈妈吧。魏太合高兴极了，第二天一早背起他的饭包包就往家赶。然而当他按时间在正月十八赶回武乡时，听说部队突然有了任务已经过了太岳区了。

不满十八岁的魏太合一下子晕了，他没有能力找到部队，只好哭着原路返回家里。可他不死心，立即找到正在扩军招兵的385旅，报了名。

这一年的农历二月二，他再一次成了一名军人。可是他说，之前在供给处已经入了党，现在党籍也丢了，原来的档案也找不到了，一切，重新开始。

这一次，他不再是供给处的后勤兵，成了真正的战士。六月份，十八岁的魏太合端起枪，参加了人生中第一次战斗，在武乡县上司乡禄村的梁上。那一次，是769团进驻禄村，然而由于汉奸出卖，部队中午进驻晚上就被敌人包围了。次日一早，我军发现了敌人，于是决定迅速撤离，留下一个班掩护。魏太合，就在接到掩护任务的这个班里。战斗开始没多久，他就与另一名战友挂了彩，胳膊受伤。忍着疼痛，他与那名战友瞅准机会退了出来。可是，躲在外面的他再也没有等到同班战友出来。

时间好久啊，枪声、刺刀声终于停止了。一切又回归到山村特有的宁静。不，是刀枪的锋芒落幕后血腥徐徐散发，血液汩汩流淌的寂静。他冲进战场，想看看一个班的战士是从别的地方撤退走了，还是牺牲了。然而一到现场，他几近昏厥。他用家乡话一次次对我说："孩子啊，太下泪了！"他同班的十几位战友，除了最先受伤的他们俩，全部战死。面对这些朝夕相处的战友，他再也无法理智，再也不能控制自己，疯了一样找他的班长。他说班长对他真好，班长与他感情很好。一个班，人数不是太多。很快，面目全非的班长就出现在他面前。"哇——"他跪在班长身边，失声痛哭，肆意痛哭，声音穿透在无人的村庄。一边哭，一边数。战士魏太合跪在班长身边，一刀，一刀，数下去。班长的身上，整整被扎了二十七刀。他的脸上，已经失去了人的模样。魏太合不记得跪了多久，哭了多久。他直到今天也想不通，把人痛快打死就算了，为什么要恶毒到如此地步？他说，班长是一名老班长，当时已经三十多岁，河北人。

太下泪了！太下泪了！今天，他一遍一遍地在我面前重复这句话。

山西的土地啊,又埋葬了一位悲情的英雄。魏太合说,这一次战斗,虽然以一个班的牺牲掩护了整个团的撤退,然而刚刚从军校毕业的排长却受了处分,被降为普通士兵。因为,那次上级的命令是一边掩护一边撤退,而排长下的命令却是死守。所以,是新排长的错误决策,导致了一个班战士的全部牺牲。

我的老班长啊,魏太合至今无法释怀老班长战死的方式。他说,老班长的家人若是知道老班长那样死去,要心痛到啥地步?

魏太合叹口气,说他经历死亡场面的痛,甚至胜过他自己的伤。那年,他住的老年公寓有一位同伴去世,大家劝他,别去看,那是死人。他在心里暗笑:我还怕见死人?

战场上,魏太合一直说自己是幸运的。尽管从 1942 年 2 月到 1945 年 7 月离开部队,近三年半的时间里,他三次受伤。

可是,后面的两次受伤,却让他一生遗憾。因为这两次,是自己的同胞打的。抗战时期,国民党几次反共,八路军两面应战。他的第二次受伤,是过了太岳区与阎锡山部队遭遇。他说自己还是命大,一个深夜,行走中突然前方一棵树上掉下来一个地雷,炸了,威力却不大,其中一块碎片掉在他的脚上,后来缝了八针。

第三次受伤,到了 1944 年。正在东阳关整军的他们突然接到命令,到河南辉县。这一次又是国民党。战斗中,子弹从他的锁骨穿过去,他此后一直感叹敌人打偏了,放过了他的咽喉。这次的伤是最重的一次,他在医院治疗了半年多。其间,医院从黎城迁回武乡。伤好些之后,已经到了 1945 年。他向医院请了十天假,说回家看看。

他笑,每次回家都有意外发生。这一次不是没有找到部队,而是中午回去,下午就被找去谈话。告诉他部队要精兵简政了。他自已也知道，身体一次次受伤，已经不能打仗了，那就回家吧。就是这一次他看到部队给他填写的入伍时间是 1942 年，他才与部队协商，要求更改，把他在 386 旅老二团供给处的历史补进去。可修改档案不是儿戏，领导考虑了他的实际，在给每个人三千斤安家费的小米中，额外多给了他两千斤，算是补偿。

魏太合就这样与四川、河南、陕西以及山西由南到北的近四五百名伤残战士及老兵一起，从武乡办好手续，告别了部队。从此，他当兵的历史便定格在 1942 年。

每次接受采访，魏太合总要这样打开柜子，穿上军装，戴好军帽，以及所有的勋章、奖牌、毛主席纪念章甚至一些会议代表证。

他说，这就是命运吧。

复员回来后，他还被抽调到县公安局，在威震太行的“抗日游击队长”魏名扬手下做事，任务是看押犯人、陪同审讯犯人。他说当时叫魏名扬爷爷，有一天他告诉“魏爷爷”，家中妻儿无人照顾，自己要回去。魏名扬挽留不成，放魏太合离开他工作了两年的地方。今天看来，这其实也是丢了一份好工作吧。不过说起他三年多的战斗生涯，他却直叹自己幸运，好好地活到今天。

魏太合兄弟六个，他是老四。二哥也是十四岁参军走的，起先在阎锡山部队，后来参加了共产党；三哥较他当兵晚，到了他走丢的八路军 129 师 386 旅老 2 团。现在二哥、三哥都不在世了。兄弟六人中，只剩下他与老六。

每次拍照，魏太合都要认真整理出军人的形象。

九十二岁的魏太合老人，依旧追求军人的气度。采访过程中，他本穿一件淡蓝色衬衫，戴一顶淡橘色运动休闲帽。趁我接听一个电话的间隙，他麻利地打开柜子，穿上军装，戴好军帽，以及所有的勋章、奖牌、毛主席纪念章甚至一些会议代表证，亲自出门请进一位工作人员，给我们拍下几张合影。之前就听人说，他是最具被采访经验的一位老兵。其实从他这个举动里，我更看出他对自己军人身份的重视。后来他已经脱去军装我却提出与他再拍几张合照时，他问不穿军装拍照好不好？

致敬！老兵！

镜头前，九十二岁的老兵魏太合还是快乐得像个孩子。

在他打开柜门穿军装的瞬间，我还惊奇地发现，柜子里面放置的东西，一层一层是那样整齐，包括几袋牛奶，都是码起来齐整整摞在靠柜壁的一边。

老兵虽然身经百战，尽管时光流过七十年，然而他坦露，退伍回家后的两三年，还是常常从梦中惊醒。尤其是老班长的惨死画面，总是萦绕在他眼前。也因此，他说当年从县公安局回家，有一部分原因是接触犯人会勾起不想回顾的往事。

今天谈起往事，他还是忍不住问我：孩子，你说老班长身上的二十七刀，他们是怎么扎下去的？

七十年，近三万个远去的日子，却化解不了曾经。魏太合说，一想起，那些人那些事就哗哗地上到脑子里。他驱赶那些回忆，但是那些曾经的人和事却在深夜跑到他的梦里。

散不去的眼神

与魏太合一样，王桃儿的一生，也有一个挥之不去的梦。梦里，也是一个挥之不去的人。

“快进来！”

那一天，她透过窗玻璃看到院子里的我们，便唤。

因腿脚不便，她的生活只能在床上，精神很好，嗓音很洪亮，只是肤色是少见太阳的白。笑脸却比阳光更灿烂，像久违的邻家奶奶见到小字辈，她把我拉到床前，亲切地先问我在哪里工作，再问一遍多大年龄，父母可好，几个孩子？

我的手，一直被她拉着。

她的手，柔柔软软的，却有一股特别的力量，无声却散发着强烈想要与人交流的欲望。

她的女儿刚刚从地头的劳动中赶回来：叫人家都坐下，慢慢聊。

确定可以好好坐下来，她才放心地放开我的手，却执着地把我拉到她身边。

她叫王桃儿，已经九十周岁，肤白，发白，耳朵大大的，尤其是耳垂，她的长相就是民间流传有福气的那种。我进来之前她刚刚坐起来，头发稍稍凌乱一些，干净的大花被盖在腿上，黑白相间的毛衫却显得脸色更加白净，看上去精神焕发。

坐在炕头，九十岁的王桃儿细说往事。

记忆力好吗？我问。她说好呀。

七十年前的事呢？

都在。

一下就拉了回去。

王桃儿最深刻的记忆，在她十五岁那年。她说的十五岁，其实是十四周岁，天天绕在灶台边的时光，有一天突然不宁静了。她刚刚把豆子煮在锅里，突然被慌乱的父亲扯起，拽着奶奶与弟弟，跟着村人杂乱的脚步，向着大山深处，拼命跑。

逃难的光景就此开启。她在奔跑中懂得，原来苦难并不是贫穷与饥饿，温暖原来就是一个安稳的灶台。

逃着逃着，八路军就来了，进驻她所在的武乡县蟠龙镇，抗日军政大学也辗转到了她的村子尚元村。

“尚元村原叫皮烟村。”她说，“尚元是一个人。”

王桃儿说的尚元姓王，比她大三岁。王尚元不到十岁时父亲便去世，跟着五十多岁的母亲靠给地主家放牛度日。但因不想忍受打骂，跟着大人们去挑煤。1939 年冬天，十七岁的他主动找到武委会主任，要求参加民兵，但因考虑其年龄小且家中有母亲，便让他送信。王尚元尽职尽责,曾一天跑过近百里山路去完成一项任务。两年后正式成为民兵,还入了党。1943 年,日本人侵占蟠龙期间,到周围村庄疯狂“扫荡”。王尚元当时参加的是区民兵队警戒组,承担着放哨的任务,几乎天天吃住在山上。

一个深夜,日本人趁着夜色摸到他的村子。尚元发现的时候,距离已经很近。他如果鸣枪,乡亲们肯定能听到,但他觉得,拖儿带女的,转移时间根本来不及。情急之下,他朝着敌人的方向,扣动扳机。为了转移敌人的视线,他还一遍遍大喊:“同志们,打啊!”一时间,日本人误以为遭遇了八路军的伏击,竟愣在原地不知所措。直到王尚元一连打倒好几个日军,对方才回过神来。他们发现,山上原来只有一个人,一支枪。于是恼羞成怒,吼叫着冲上来。尚元丝毫没有畏惧,子弹打光之后,他又把仅有的一颗手榴弹投向敌群。最终,他在手无寸铁的情况下被敌人包围。然而英雄还不死心,他从地上一跃而起,抓着枪托扫向敌人。据说尚元本身个头高大,还有一些武功,因此一时间敌人竟无法近他身,任他的枪托重重地砸向一颗颗脑袋。最后,连手中最后一支没有子弹的枪也被他砸碎了,于是从敌人手中夺枪,夺刺刀,手指被割断也毫无知觉。就在他再次用断手夺枪之际,一把把钢刀争先恐后刺进他的胸腔。

第二天下午,村民在山沟里找到他:身上带着七八处刀口,肠子流在外面,一只手上连着两根断指,击坏的枪扔在不远的坡上……

被他用生命争取到逃命时间的乡亲,沉痛地举村悼念英雄。无以为报,只能把村名改为尚元村,以便一代一代,用一个村庄向英雄致敬。

尚元牺牲那年,王桃儿早已跟着部队离开村庄。1939 年抗日军政大学临时进驻时，有个叫王英(音)的教员就住进王桃儿家的小南房，“从东北来的，长得圆盘大脸，嫩汪汪的，可好看呢”。十四岁的王桃儿很羡慕这位其实也才十八岁的“姐姐”，就主动天天跟着提水倒茶。那时候王桃儿特别爱说，所以王英闲下来的时候，就与她聊天，并且越来越喜欢这位妹妹。

部队不会稳定，抗日军政大学也是。王英看上了王桃儿，琢磨着离开之时带走她。于是有一天，将此想法与王桃儿的父亲说了。哪承想，当即遭到反对。令父亲没有想到的是，王桃儿也有走的意愿，父亲听后竟然哭了。确实，对于幼年就失去母亲的王桃儿来说，父亲怎么可能轻易让她离开家？何况是如此动荡的一个年代。

此事再不敢跟父亲与奶奶提起。

然而令家人没有想到的是，部队离开后，王桃儿竟也没了踪影。

王桃儿说想不出父亲与奶奶发现后会哭成什么样子，担心到怎样的地步。但是担心着担心着，父亲就在一次逃难的路上被日本人打死了，父亲把所有的恨都死死握在拳头里，成为再也掰不开的遗憾。王桃儿也不记得后来听说父亲不在之后自己哭成什么样子，总之她稀里糊涂离开家之后就无比想念父亲，想念奶奶与弟弟，但是却找不到回家的路了，尽管她根本就没走出她所在的乡。

现在想来，王英虽是军政大学的教员，却也才是一个十八岁的小姑娘，一心只想着抗日的她哪里能理解，一个父亲在一个早晨突然失去女儿的心痛？

王桃儿跟着王英，从蟠龙镇的西北走到东南，到了八路军总部所在的砖壁村。现在看来不是距离的距离，却让从未出过村的王桃儿感觉到了另一个遥远而陌生的天地。在这里，她与朱德、左权住在一个院子里，至今清晰地记着这些首长当年的模样，“朱德当

左权(左)与刘伯承在武乡。

时很年轻。左权也是,好像三十七岁,人不赖,长长的脸。”王桃儿说,两位首长并不常与她这样的“孩子”多说话。因别的战士有事,王桃儿给朱德端过一次水,后来就再也没有机会接触,不过却时时见面。

王桃儿记忆有错,那一年,左权将军应该是三十四岁,王桃儿记忆中的三十七岁,是将军去世的年龄。三十七岁的年轻将军从家乡湖南一路抗日来到山西,在武乡这个抗战之都连续指挥了长乐之战、百团大战、黄涯洞保卫战等一系列著名的战役,令日寇闻风丧胆,最后却在十字岭突围战斗中,因掩护中共中央北方局和八路军总部等机关突围转移而血洒辽县(现左权县),成为抗战历史中中国共产党牺牲的最高级别的将领。作为与将军做过邻居的王桃儿,怎能不让三十七岁这个记忆储存一生?

左权的女儿左太北在左权县麻田八路军总部出生时,王桃儿是一位十五岁的大姐姐。她至今仍为左太北惋惜,说还不到一百天的小婴儿,就因距砖壁村正北十三里处的关家垴之战,与父亲分别了,而且是永别。

左权夫妇与女儿左太北在武乡砖壁总部。

王桃儿对砖壁村的感情很复杂。2009 年 5 月 2 日，已经八十四岁高龄的她在女儿的陪伴下，专门到砖壁村寻找旧日痕迹，一一打听从前的人。

可是，“都死了。”王桃儿长长叹息一声，“我怎么还活着？”

在砖壁村见到王桃儿的人不会理解，当这位满头白发的老人一次次用手抚摸那些墙壁上的砖瓦时，内心翻腾出多少记忆？她一定盼时光倒流，好好看看那些旧人；她更怕岁月回去，一颗子弹便打碎一村人的梦。

当初，王桃儿也几次与子弹擦肩而过，可她的生命或许不该终止在战争的硝烟中，有一次即便一颗子弹擦着脚面，还是过去了。“还有几次鬼子在后面也看到我跑，还是没打中。”王桃儿从不庆幸自己能活下来，只说死去的人太可惜。

当年跟着王英走后，王桃儿在抗日军政大学学习了一年，认识了不少字，告别了文盲队伍。在蟠龙镇，她跟着队伍辗转了砖壁、烟里、石门、石瓮等多个村子，后来又到了黎城县。之后她从八路军野战政治部、中共中央北方局所在地烟里村离开时，也像王英当年一样，说服了一个姓韩的女孩子跟她去黎城，但到了黎城她才发现，那个女孩子不知何时没了踪影。

“肯定是半路找了本事大的人，嫁了。”王桃儿自语。

恶劣的环境让王桃儿迅速长大并成熟起来，成了野战医院一名看护人员。她的弟弟也很快从了军，成了769团三营的一名战士，还立了功。

从一名稚嫩的看护人员成长为看护长，王桃儿见证了太多的

2009年5月2日，已经八十四岁高龄的王桃儿在女儿的陪伴下，专门到砖壁村寻找旧迹，打听故人。

生死。但有一双眼神，七十多年来却一直压在她心头，无法散去。

八路军在蟠龙镇石门村清泉寺、南郊村南堂奶奶庙都设过野战医院，王桃儿随着医护人员在这些地方辗转、驻扎了很长时间，眼睁睁看着无数烈士的鲜血，将石门、南郊的土地浸润得一片殷红。

战争不停歇，伤员不停止。寺庙容不下，家家户户都成了医院。据说当年仅八十多户人的南郊村，八路军伤病员最高时就达到两百多位。

时间奔流到2013年1月的一天，左权县农民高乃文整理荒坡时，意外地从桐峪镇莲花岩久已废弃的山洞中发现了一沓发黄的档案，满满八十三页记录的全部是1939年八路军医院129师伤员的牺牲证明书。其中有几个伤员的入院地方就是南郊，比如“师供给部合作管理排长张德朝”于“1939年8月15日于南郊村入院”；“顾正荣”于“1939年8月2日在武乡南郊村入院”。

无法治愈而牺牲的伤员尸体，就掩埋在村南的山坡上。

“天天夜里两点开始埋人。”那个山坡，埋藏着王桃儿长久的记忆，“没有一口棺材，外面竖一块砖，写上名字。”

一个生命尘埃般悄然入土，换作一块血迹斑斑的砖，成了战士“奢侈”的墓碑。

深夜，百姓入睡，不必担心他们看到那些频繁逝去的生命。百姓眼里，扛枪的战士就是金刚。金刚，怎可轻易消亡？战士们永不跌倒的形象，是年轻的男孩子走进抗日队伍，接过那些残留着前主人余温的枪继续冲锋陷阵的精神支柱。

王桃儿这个十几岁的小姑娘，在野战医院却常常被同样年轻的受伤战士称为“老王”。“老王”的职责是救死扶伤，是让受伤的战士们看到希望。

武乡八路军纪念馆的左权塑像以及朱德亲笔题词。

被打进战士们身体里的子弹，王桃儿一下就能给拔出来。“呀！他们疼的，可怜死了！”能不能活，其实都在于战士们的造化。由于医院条件有限，除了枪炮伤，许多伤员大多是被急性肠炎、痢疾、感冒等寻常疾病夺去生命的。

最多的时候，王桃儿这个看护长领导七名护理人员。这些女孩子除了白天不停歇地护理伤员，夜里还要轮番出去埋葬牺牲的英雄。尸体再多,也要赶在村人醒前回来。深夜,尸体,这些对女孩子来说绝对恐惧的东西,她却不记得当时胆怯过,倒是现在想一次怕一次。那时候不仅不怕,还在路上欢喜地偷摘生柿子充饥,有一次一口气竟吃下十二个。

生柿子那么苦涩,王桃儿却坚持说当时就是又甜又脆,是现在变得苦涩了。

是的,王桃儿苦难的岁月中,如果永远有十二个又甜又脆的生柿子存在回忆里,有什么不好?

鲜血淋漓造就了王桃儿的功夫与胆量,更多的是让她懂得了肩上沉重的责任。她说伤员疼极了就骂护理人员,疼得越厉害,骂得越凶,有时候竟然打护理人员的脸。王桃儿庆幸的是,自己倒从来没有挨过伤员打,一下也没有。

“大娘,伤员不打您,是因为您当年很漂亮吧?”她说得高兴,我也逗她,她便痛快地笑,说哪里顾得上想原因。

从今天的王桃儿脸上完全可以看得出来,当年的她,一定是一个“嫩汪汪”的美丽女孩子。

嫩汪汪的女孩子们天天顽强地与鲜血及死亡搏斗,用一颗坚强的心等待枪声停止的那一天。

伤员中,有八路军,有国民党军,也有日本兵。王桃儿记得她救治过的最大的“官”来自东三省,“人家穿的衣服可好呢,领子里面还有一层。”而被俘的日本伤员都不会用筷子,她与护理人员就喂他们。“长得皮肤黄黄的,与我们一样,就是一句话也不说。”面对日本伤员,王桃儿矛盾重重,“恨死那些小鬼子,可是也得听命令好好给人家治。”

聊天过程中,王桃儿的右腿一直很厉害地抖动着。我帮她盖好被子,她说不怕不怕,看看老得一身毛病却活得好好的。

好好的王桃儿以九十岁的高龄,历数曾经一个个离她而去的战友,从容回望早已沉淀的血雨腥风。

“我们的兵都是好样的!都是!”当时满眼的伤兵,一个个都存进她的心里。

有一个入伍时间不长的年轻士兵,拖着被打烂的腿来到野战医院,“我就用小树枝给他一片片往下刮,他疼得大声号叫,却不骂我一句。”王桃儿直拍腿,“好伤心呀!”

就是这个来自武乡邻县襄垣的年轻战士,常常唤起王桃儿极力封存的记忆。他当时伤得很重,常常昏迷不醒。一旦醒来,总是先努力给她一个浅浅的笑容。一天下午,王桃儿走出院子接新伤员时,却听到他在身后喊“老王”,王桃儿很欣慰他终于醒了,扭身开心地答应一声后来到院中。然而待她快速处理完外面的伤员端了一杯水进屋时,受伤的襄垣战士却再也喊不出一声“老王”,喝不下一口水,成了当天夜里王桃儿埋葬的唯一一名烈士。

“怪了,那天明明可以不死人的。”王桃儿说此后多少年她都不敢想,回忆却要一遍遍蹦出来。最后的记忆,就是扭身的一瞬他喊她时的那双眼睛,“真真的!活灵灵的呀!”

也因此王桃儿总是在求证,“明明还能喊,怎么几分钟就没了命?”

也有个问题始终无法找到答案,“不知道他喊了我几声,也不知道他喊我做啥?”

那个深夜,王桃儿寸步不离那副担架,一路上努力跟着他的眼睛不停想象,他最后一声喊完“老王”,眼神里是怎样的绝望?

她想弥补,再没机会。

王桃儿是我采访的老兵中唯一的女性，令我最难忘的是她的一双眼睛。

那个夜里，她第一次有了恐惧感，也第一次感到钻心钻肺的疼痛。一转身，就觉得身后有一个声音在喊她，一遍一遍，直到再也喊不出声，只剩了眼神，在绝望中挣扎，哭泣。

王桃儿很善谈，此时却沉默了好长一阵，是这天下午房间里唯一的一次无声。

“不过他一直年轻着。”王桃儿似乎轻松起来。

邻县的战士一直年轻着，在她心里，梦里。

峪口的触目惊心

从王桃儿家出来一路向下，便又看到浊漳河。与今天浊漳河水缓缓流淌的速度不同，那时候的河水，是汹涌的，带着不安，带着无奈，带着狂躁，带着愤怒。它拍打着两岸苦难深重的大地，也帮着掩埋一批批倒在这片土地上的人。

有时候，河水也会被一桩接一桩的惨案吓晕，便拼命奔跑。可是它逃不掉，那些汩汩流淌的血液，就是要紧紧跟着它，一路向下。河水一边奔跑，一边感受那些由不同的人身上淌下的血液，由温热，变得冰冷；由鲜红，终成无色。

河水裹挟着人的血液，从武乡县由西往东，嘶吼着奔腾。

峪口村就在浊漳河边，老人们说，那八年，河水哪有清凌凌的时候？

进村，一位六十多岁的妇女从一个门里出来。说到抗战，她说她只知道村里有过杀人的事，也知道浊漳河被鲜血染红的事，却说不上具体是怎么回事，于是她把我们带到七十二岁的赵富田家。已是晚饭时分，独居的老人灶台上正熬着一锅小米稀饭，屋里因此热气腾腾。一只小狗跟进屋，用并不带恶意的叫声试探地问候着我们。本是寂静的院子，一下子生动起来。

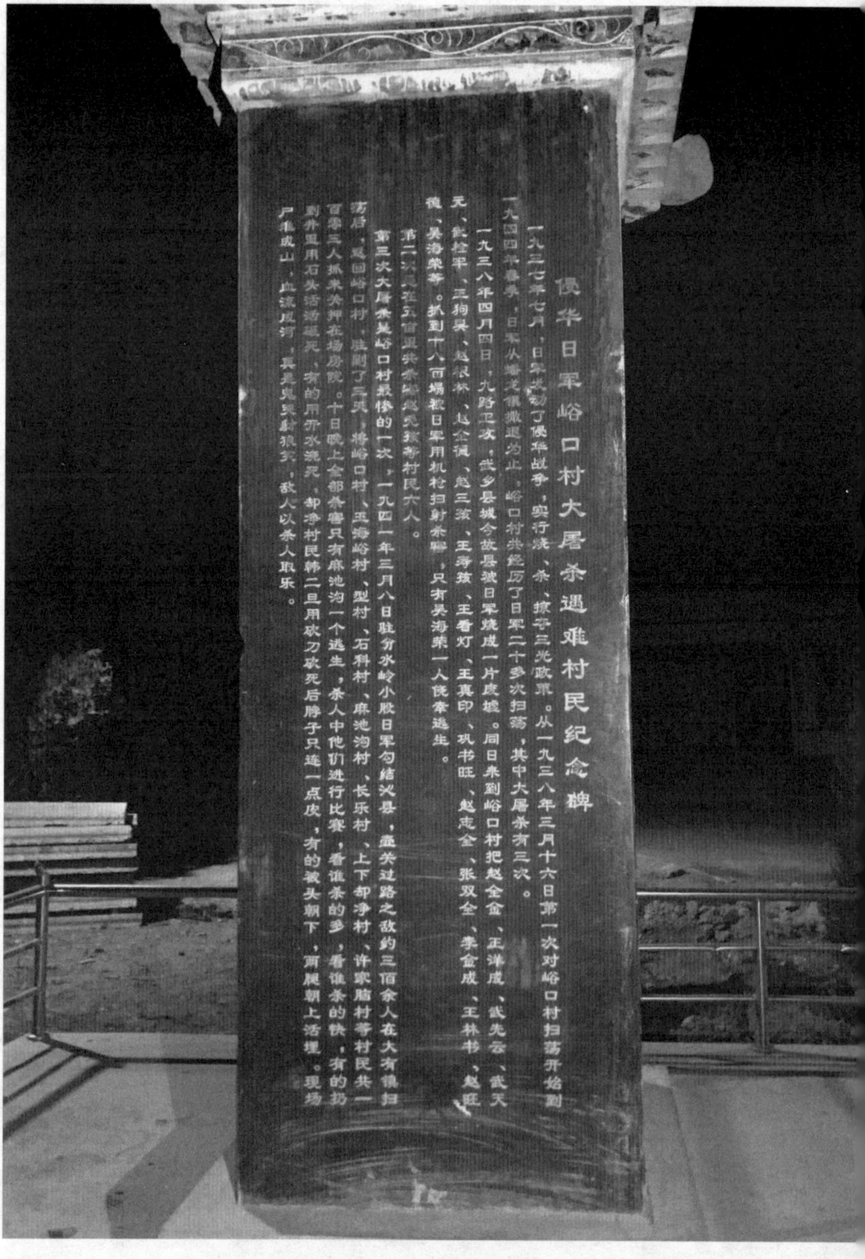

侵华日军峪口村大屠杀遇难村民纪念碑。

老人执意要先给我们盛稀饭。我赶紧拉他坐下，告诉他我们来只是问一些事。一听说要讲过去，他很麻利地拿出一个塑料袋，里面有他父亲赵全忠的《党员自传》，上面记载的入党时间为民国二十年，也就是 1932 年。他说父亲是武乡最早的共产党员之一，当时还担任除奸队队长，魏名扬都是他父亲发展的。他还说，峪口当时是"党员窝"，甚至一个七人"反共团"中就潜伏着三名共产党员。他还骄傲地说到他的父亲有一次通过家里的暗洞成功营救了本村共产党员王马孩的事。峪口村边，竖有一块"侵华日军峪口村大屠杀遇难村民纪念碑"，上面记载，抗战期间，峪口村共经历了二十多次扫荡，其中大屠杀三次。赵富田听大人说峪口第一次屠杀是 1938 年春天，日军烧掉武乡老县城之后，一路杀到峪口，在十八亩塌杀掉二十多人。他说那里上下两片地距离有七八尺高，这些人就站在

七十二岁的赵富田很麻利地拿出一个塑料袋，里面有他父亲赵全忠的《党员自传》。(李晓斌 摄影)

地边。村里人听说之后，跑去看。其中有几个人的家属去说情，反而也被拉了进去，剩下的便不敢再上前。日本人扫射时，有两人机灵一些，一个叫吴海荣，一个叫巩福柱，未开枪前就装作中枪跳了下去。其余二十二人全部被杀，那些人分别是赵全金、王洋成、武先云、武天元、武栓牢、王狗臭、赵根林、赵全德、赵三孩、王寿孩、王看灯、王真印、巩书旺、赵志全、张双全、李金成、王林书、赵旺德等。

第二次屠杀，在五亩里。村民赵秃孩等六人惨遭杀害。

最严重的，是第三次。那是1941年3月8日，驻分水岭的小股日军勾结沁县、壶关过路之敌约三百余人，在大有镇扫荡后返回峪口进行了三天大清剿。除了本村一些村民，还将周边的却净、王海峪、石科、大有、麻池沟、长乐、型村、许家垴等村庄共一百零三人抓回山岭口的场房院关起来。赵富田说当年杀人的院子就在他家旁边，是一个长方形的院落。10日晚上，日本鬼子将关押的人全部带到院子外边的地里，进行屠杀。过程中日军还残忍地进行比赛，看谁杀得多，杀得快，杀得有花样。当时，还有的村民被扔进井里用石头砸死，也有的用开水浇死。却净村一位叫韩二旦的村民被用砍刀砍至脖子上仅连着一丝丝皮。峪口村王黑孩一家被杀了八口；躲在药王庙的妇女王认珍与另一位刚过门的青年妇女被村民发现时，全身一丝不挂，身中十几刀，血肉模糊，身首异处；苗四孩被四五个日军围在中间当活靶刺死；有的被头朝下活埋。过后有些尸体被家属认领回去，无人认领的尸体被村民就近推倒旁边的院墙掩埋起来。

那段时间，日本人还把屠刀指向一个人，那就是区干部魏书堂。抓不到他，就砍了他二叔的头，打死他四岁的女儿，刺死他的母亲，轮奸了他的妻子。更不忍看的，是一个从型村逃难过来的十七八岁的女孩,以及一个从马家沟过来走亲戚的老人,被日军捆在树上,用刺刀豁开胸膛,放出狼狗扯吃心肺致死。

抗战期间,日军在峪口村共杀害共产党员十二名,群众一百五十多名。其中峪口村村民六十五人。

触目惊心的数字,听得我内心一阵比一阵紧。我颤抖的手一一打出这些文字,不是故事,都是历史。走进峪口村,放眼四望,这就是小时候趴在婶婶背上渡河过来看一场电影的村庄吗?

夜色中,老人打着手电带我们出门去看村边的"侵华日军峪口村大屠杀遇难村民纪念碑"。一个个烈士,以这样的方式守护着村庄,依偎着村庄。

村里还有更老一些的人能说清这个事吗?赵富田说还真不行,即便有也因身体原因说不清了,而六十来岁以下的人,与其他任何一个村庄一样,总是一听到说这个事就摇头。

曾经的人走了,曾经的事远了,曾经便成为模糊的了。时代发生了翻天覆地的变化,新的天地掩盖了曾经的旧容。然而一旦翻出,一旦提及,却近在咫尺。

盛大的公祭

从峪口出来，跨过浊漳河，往南庄走。此刻是春风里，却萧瑟如冬。南方的朋友说，此景是苍凉之美。

翻上一道坡，带路的朋友说，差不多了。

终于看到一个小孩，摇下车窗玻璃问：这是什么村？

南庄。

完全是新村，不是想象中的模样。

“上面呢？”

“也是南庄。”

果然，上面才是南庄该有的模样。

由冬入春之际，村庄在安宁中透着小小的躁动。一位六十岁左右的大嫂拿着一把大扫帚站在路边，笑着问我们从哪里来。说了来意，她扔下扫帚：走，我带你们去看悬窑。

悬窑竟然还在?！一路往上，一个荒弃的大院。她指着窑上一个小口：就是那里。问她悬窑入口在屋里吧？她说屋里没有，就在房子外面。之后又碰到一个邻人，才说不是这个院子，当初烧死人的悬窑在离这个院落很近的东面。大嫂即刻又带我们找主人，门锁着，她便站在门口朝下面的人吼：哎——快给喊一下留法嫂！

当年惨案幸存者、七十四岁的郭留法扛着一把镢头，提着一根细竹竿，气喘吁吁地从地头回来。（李晓斌 摄影）

很快，留法嫂从下面的院子露出头来。我们下去，核实当年烧死人的就是她家的院，又问她的公公叫什么名字？她想了一下说想不起来了。当年烧人的事，她说她的男人能说清，于是掏出手机，问清男人的位置后，叫他：快上来。

手机扩音很大，男人在电话里回：我也走不快啊，喘的。

七十四岁的郭留法扛着一把镢头，提着一根细竹竿，气喘吁吁地站在我们面前。远远的，起先带路的大嫂已经告诉他我们此行的目的，又替我们问：你爹叫什么名字？

他用竹竿在地上画：郭万余。

路过的村民都停下来，七嘴八舌开始叙述从老人们嘴里一次次听说的那起事件。

从郭留法的讲述中，知道当年烧死的还有他奶奶。那么爷爷是谁？他又在地上画：郭金成。郭金成也是被日本人打死的，不过不是那一次。

亲历过惨案的八十二岁村民郭保旺。（李晓斌 摄影）

郭留法与胡家垴村的赵恩庆有着同样的命运，也是一名幸运儿。他能活到今天，是因为当时他还在母亲肚子里，而母亲因为怀着他，才住在山上的避难窑中而不是留在村里。

抗战开始后，南庄因独特的地理位置，便有八路军驻了进来。村中八十二岁的郭保旺听力很差，可很清楚地告诉我们，他是 1935 年 2 月 16 日生，当了八年兵。村里那次大屠杀时，他七岁。他还清楚地记得，村里之前来过许多八路军，还开荒种土豆。他也近距离接触过这些战士，长得白白净净的，看到稀罕物件就问：这是什么东西？而且，还让他带着打狗、埋地雷。

有八路军住过的地方，一定是抗日村。也因为此，便成了日本人重点关注的地方。

1942 年，早该过了秋收季，南庄村的农民却还在折腾地头最后的收成，似乎忘记即将要进入冬天。风也紧得早了些，以至于一边干活一边总是要哆哆嗦嗦。

正如侵华日兵荻岛静夫记录下的庐山山麓一样：

在这片土地上，山间有星星点点的村庄，一面是旱田，稻谷被压弯了腰，金黄色的一片，没人来收割，只有被皇军践踏，成了战争的牺牲品。

一面面红旗，高高飘扬在村庄的开阔处，民兵日夜把守，村民随时察看。

收割、隐藏，维持逃难中艰苦的生存。然而一批一批无辜的百姓，还是要在行走中、奔跑中、躲避中丧命。

农历九月二十三这天下午，在深秋的地头做着收尾工作的南庄村民突然被一阵“快跑！日本人来了！”的喊声惊起。一时间，地头的，灶台边的，挑水路上的，都在同一时间扔下手头的活计，慌乱地呼儿唤女。喊话者喘着气说日本人是从古楼角圪梁上下来的，这可是村民们平素逃难的方向。无奈，村民们只能往东。可是东边，一出去便是开阔的监漳滩。滩里的庄稼大部分已经收割完毕，平坦坦的无处藏身。再说，滩外滔滔的浊漳河也是阻挡出逃的最大屏障。

只有村南山坡上事先挖好的一眼避难窑洞了。可对于村中拖家带口的那些人而言，他们根本没有时间逃过去。地头奔回来的，路上的，身强力壮年轻麻利的，先呼唤着爬上南山坡。剩下的人，一致想到郭金成家。郭金成家与众不同，他家的一眼窑洞深处，顶部还藏有一处悬窑。悬窑，高高悬在一孔普通的窑洞中。这眼悬窑在郭金成家已经有历史了，是他的先人当年防备土匪与强盗专门挖下的，里面留有专门的透气孔道。唯一不科学的，是悬窑只有一个进出口。前几次日本人扫荡时，郭金成家的人还有村中一些百姓也都在这里安然避过劫难。这一次,来不及逃走的老弱病残及妇女儿童,齐刷刷拥向郭家,生病的、年老的、喂奶的、年幼的,一个一个连推带举,近半村人都挤上悬窑。

郭留法说,悬窑中竖横共有四个小屋子。那天,他的奶奶、两个姑姑、两个叔叔还有他八岁的哥哥郭来法,都在里面。

郭保旺说,那天,他与母亲也想着要去悬窑里躲,可他的二大爷与姐姐过去问时,说人已经满了,进不去了。无奈之下,他跟着母亲往南跑到沟里。他说当时还有一个邻居带着儿子也是挤不进悬窑,但是没与他们一起跑,后来也被打死了。

那一次,确实是悬窑容纳人数最多的一次。以至于进去的人都说,郭家的先人真是大手笔。

见证了风云变幻,保护过无数人的悬窑,再一次张开宽阔的臂膀,将村中无法出逃的百姓纳入怀中。尽管拥挤又呼吸困难,村民们还是长长舒出一口气,庆幸自己被安全隔绝在危险之外。他们安了心,甚至淡然地三三两两开始耳语,谈着日本人走后要收的庄稼,聊着回去之后要做的饭菜,说着村里还要再打几处逃难窑洞,想着家里的孩子该不该参军……拥挤的悬窑里,一时在窃窃私语中变得其乐融融。

有声音传来,他们判定是日本人进了村,顿时静寂下来。高高处在南山坡上避难窑洞中的人们,可以通过悬崖上的透气孔清晰地看清村里的一举一动。他们看到,日本人在汉奸的带领下挨家挨户搜查,就是抓不到人。他们放下一颗心,知道家里的人成功进了郭家的悬窑。他们看到,气急败坏的日本人开始放火,南庄村瞬间掩映在火光中。日本人又把沿路从古楼角等村庄抓来的二十多名群众赶到南庄的打谷场上,逼问、折磨,发泄着对这座空村的愤恨。

一户一户院子被点燃，从大门烧进窑洞，从炕下烧到炕上。所有能燃烧的东西，被褥、衣服、家具，全部融在火里。这火，自然也烧到郭金成家。外屋窑洞门上的草帘子，炕上的被褥，通通散发出浓烈的烟气，很快钻进悬窑。有人忍不住，传出咳嗽声。

单调的大火燃烧的噼里啪啦声，突然间有了人的声音。日本人欣喜若狂，循着声音发现了悬窑的秘密。

一切都是未知数。他们不知道悬窑里有多少人，藏着什么人，有什么机关暗道。于是授意汉奸喊话，却静寂无声。架起机枪，却因窑内有拐角，子弹无法伤及百姓。日本人便逼着汉奸上去抓人。然而汉奸明白，上去即是送死。于是想出狠毒的一招：点燃辣椒秆，逼出窑中人。

果然，呛人的滚滚浓烟直上，扑向那些毫无抵抗力的百姓。

汉奸叫嚣着：受不了就下来，放你们一条生路！然而倔强的百姓宁可一死，也不愿求得日本人的怜悯。搂抱着，挣扎着，哭喊着，直到变得无声。

日本人在惨叫声中大笑，却似乎没有过足毒辣的瘾。他们折身回到打谷场，将刚刚拷打过的外村百姓赶往郭福虎家，拿出刺刀，向着这些无辜者的血肉之躯展开刺杀。狂戾的笑声夹杂在声声惨叫里，传入南山坡上逃难的窑中。

火光燃尽，叫声停止。夜色掩盖了一切罪恶，村子归于寂静。

日本人带着满足撤离。南山坡上的百姓，急速下山，直奔郭金成家而去。那里有他们的亲人，有亲亲的乡邻。一进村，他们就觉出不祥。以往这个时间，悬窑中的百姓早已先他们一步迎候在村口。孩子们，也像往日一样撒在院中。

进院，眼前是熏得乌黑的窑洞，是心痛的鸦雀无声。他们叫喊着进得窑洞，只看到悬窑下厚厚的烟尘。

无声！无声！除了他们刚刚下山回村的人，无任何回音。

踢开灰烬，上到悬窑。他们摸到腿，摸到手，他们也拉到人。然而接出来的，不是一个一个，而是一具一具。

下午才说过话的人，几小时后变成痛苦扭曲的尸体。

整整四十六具，有老人，还有刚刚满月的婴儿。在不足百人的南庄村，整整半个村子人的性命就这么丢在了鬼子和汉奸手里。

怀着沉痛的心情，村民们一边流泪一边辨认。一共十三口人的郭金林家，除他在太谷躲过劫难外，全部遇害；郭成丁，全家六口人四个没了命；郭彦堂全家三口无一幸存，包括刚刚满月的孩子……

半村尸体，平展展摆在郭金成家的院中。剩下的半村人，跑着、蹲着、坐着、呜咽着守护着各自的亲人。

当年悬窑惨案发生地。（李晓斌 摄影）

郭福虎的院子里，是另一幅惨烈的画面：二十四具尸体，个个血肉模糊分不出面容，最多的一人身中十几刀。这些从外村被抓来的百姓，家里的亲人还不知道与他们已经成了隔世之人。

郭保旺说，他跟着娘在外住了一晚，第二天回村一看："呀，人不像人村不像村……"

全村烧得不剩一衣一衫，甚至一草一木。七十具尸体，原封不动，面目全非躺在两户郭姓村民院中，再也不用躲避，再也不会害怕。

而屋里炕上，都是无法入眠的眼睛。瞬间消失的半村人，让剩下的人或许突然就没了面对死亡的恐惧。他们想得更多的，或许是死亡的方式。

这时旁边一个村民说，听说当年一次屠杀中一位村民无处逃脱时突然看到院中的一口大铁锅，便躲了进去。敌人没有发现他，他却也在几天后死了。我问为什么？村民说：受了大惊吓。

不知道什么时候，郭保旺的家里聚集了许多人，他们都是南庄村的村民。炕上坐不下，他们就站在地上，静静地听，偶尔插一两句话，脸上都是悲伤的神情。他们每一个人，家里都有先人以这样的方式离开这个世界。就连一路陪同我们最爱笑的大嫂，也一脸肃穆。

郭留法一边听一边自言自语：再过两年来问，谁还能说清这些事。

天近黑。郭保旺坚持送我们出门，他一边与我们挥别一边说：记下来好！记下来好！

村民们跟着我们，一路出到村边。大嫂的那把扫帚还扔在路边，我们向她表示感谢并致歉时，她笑：说哪里话，你们多好。

见证了当年惨案的村中文昌阁。（李晓斌 摄影）

上车了，他们挥手：再来！再来呀！

村子对面的文昌阁，村子下面的旧戏楼，与今天的村民一样，终于有了安然生存的土壤。

驶离南庄，驶不出记忆。离开武乡，忘不掉这片洒满血泪的土地！

抗日战争，山交岭、苏峪、韩北、胡家垴、马牧、枣烟、枣林、东良、南沟、洪水……一批批民兵，地下党联络人，无辜百姓壮烈牺牲。

他们不是军人，他们却是不穿军装的英雄；他们没有死在战场，却同样悲壮，他们不该被遗忘。

失声大哭！我的家乡，我脚下的土地，土地里埋葬的我的乡民。今天，还有没有谁，如期在一个盛大的日子，恭恭敬敬地追悼你们的亡灵？

惨案幸存者郭留法夫妇接受作者(右)采访。(李晓斌 摄影)

夜里,突然进入一个梦:一双双手,把他们一个个聚拢,帮他们洗掉沾满血污的脸,给他们穿起一件件新衣,裹进一床床新被,一一装入棺木。

一个圆圆的坟头,一块墓碑。

一个又一个坟头,一块又一块墓碑。

有哀乐传来,萦绕着攒动的人群,回响在盛大的公祭上空。

后记

让记忆反对遗忘

终于写完这本书，为我的家乡。

我的家乡叫武乡。

武乡，是一片古老的土地，早在新石器时代就有人类居住，已有七千八百多年历史；这也是一片苦难的土地，曾经血雨腥风、民不聊生、战火纷飞。这部书，写的就是离我们最近的一场战争，距今已经七十多年。

七十年，对一个民族、一个国家或者一片土地来说，似乎太短。但对一个人来说，很漫长。写作这部书，从2015年纪念抗日战争胜利七十周年，到2017年抗战全面爆发八十周年，时间跨度长达两年。不算太短，也不算太长。

“武”与“文”相对，武，勇猛威武，为武装、战争、军事之意。在写作这部书之前，我从来没有细想过我的家乡——武乡，她的历史竟然与战争这样紧密。从字形上看，武，从止，从戈，止戈为武。我理解为，以正义的战争反对非正义的战争。

战争，必然会产生英雄。而我笔下所写的，却不是战场上的英雄。他们与当年那些显赫的英雄一样，都是从敌人的炮火中走过来的，都是从成堆的尸体里爬出来的。是无数个他们，用血肉之躯筑成钢铁般的长城,替我们挡了敌人的刺刀,挡回敌人的炮火。因此他们每一个人,都是铁骨铮铮的英雄。他们是幸运的,他们亲眼目睹了中国的强大和繁荣。

一寸山河一寸血。

遥想当年,他们,本可以像今天的我们一样,温暖地坐在阳光里,安然耕作在田间地头。然而国难当头,这些身无一技之长的农民,扔下锄头,走出地头,扛起简陋的枪支,成为冲锋陷阵的战士。这阵势让他们恐惧。然而,刀枪正指向他们,炮火正焚烧他们的家园。于是,抛下小家,保卫大家,便成为他们青春唯一的誓言。还有那些手无寸铁的百姓,放下一切,为前方的战士送上小米,送上布鞋,送上枪支弹药,送上火热的心,甚至牺牲生命,只为将侵略者早日逐出国门。

小人物,大历史。近代的中国,苦难深重。不想挨打,便得自卫,便要还击!没有枪,自己造;没有炮,把敌人的夺掉。抗战这些年,中国伤亡人数达 3500 万以上, 约有 900 万人民死于战火,9500 万人民沦为难民。这些无名的死难者,都是无辜的老百姓。中国,以如此伤痕累累的数字在一百多年来第一次取得反对外来侵略斗争的完全胜利。

含泪为胜利鼓掌。

这些血泪斑斑的数据,那些轮番的大屠杀,您还记得吗?

回溯七十年前,无论是老兵还是经历了灾难的百姓,不止一次告诉我:不想提,不想提了。面对苦难,我们都愿意选择性遗忘。所以,我是在揭他们的伤,戳他们的痛。可是,遗忘的代价太巨大。于是,这些深明大义的老人,擦掉眼泪,一点一滴,忍痛为我掘出这些关于战争记忆的碎片。他们口述的历史犹如一曲曲幸存者哀悼遇难者的挽歌，又似一纸纸控诉侵略者的罪状。作为记录者，我感受到的是苦痛、耻辱和愤恨，以及战争给他们心灵留下的巨大悲凉。如今，他们默默无闻地生活在这片生养自己的土地上，若不是我突如其来的到访，他们将永远把这些苦难的往事独自埋葬。

2017 年，当我再一次走进武乡县民政局。负责这项工作的刘晓维同志重新打印了一份幸存的老八路名单给我，数字已由两年前的 24 名变为 11 名。他又指着其中一位说："这两天估计也不在了，正准备核实。"瞧！时间一直与我抢夺他们。如果再过五年、十年，我们还能听到这些鲜为人知的战争记忆吗？我们还能找到这么多历史见证者吗？而这一切，也只是这场侵略战争给我们留下的惨痛记忆中一个小小的、微不足道的镜头。大量的人和事，都已化作苦难的记忆，已经碾作尘泥散落在祖国大地，等着我们去寻找、去抢救、去挖掘、去记录！由此，这场战争的亲历者、见证者们，他们生命中可承受与不可承受的轻与重，又岂是我这部薄薄的小册子所能承受的了的?!

苦难不能回避，历史必须铭记，悲剧才能不再上演。铭记他们，不仅仅只为告慰他们。而是，让我们避免成为他们。作为作者，我比谁都希望这本书早日出版，由衷希望，尽可能让更多的依然健在的老兵看到这本书，翻翻这本书，从中触摸到他们光辉的名字。

为了守护记忆！也不仅仅是。每当我的脑海再次出现这些老兵满是皱纹的脸庞，他们口述的历史细节就像玻璃碎片一样在我眼睛里折射出民族苦难的光芒，刺痛着我的心灵。责任与使命促使我的笔，不能辜负这片土地的沉重，以及那些无辜的牺牲与不幸。这一切，不应该这样静悄悄地被掩埋在时间的尘埃中！我们不应该满足于在遗忘中麻木快乐度日，而应该为那些被战争铁蹄践踏蹂躏的底层人们包扎情感的伤口，把民族的苦难记忆转化为制止罪恶、反对战争的生存智慧和精神力量。

让记忆，反对遗忘！

在心里，为历史竖一块碑

——写给蒋殊和她的《重回1937》

王　芳

"失声大哭。"

当我看到最后，看到蒋殊写下这四个字时，合上那些白纸黑字，一个人躲在房间的角落里，没有开灯。窗外，风穿过树叶，有飒飒的声音飘进房里来，有一丝儿苍凉也顺着风爬窗进来，雨就要来了，我怔怔地坐着，一摸脸，竟也已经有湿意蔓延。心，沉入一个世界里时，外部景物也会配合出该有的场景吗？我不知道。

这是蒋殊的新作《重回1937》，即将出版。

而我近水楼台先拿来看。这些年，时间被我们使唤成了碎片，我就在这样的碎片里读完了它。我已经说不清这是第几次心潮澎湃着，如同浊漳河（我和她共同的母亲河）的水，奔腾着也呜咽着。一次次硬生生地压下这种奔腾和呜咽，继续读，继续澎湃，再压抑着。这种感觉太难受，恨、痛、怒、伤，种种情绪纷至沓来，搅得人不得安宁，只能读下去吧，读完它，也许可以远离？从来没有这样感觉过：悲壮和可歌可泣，已经不是一个历史名词和战争的形容词，而是真真实实的情绪，从心里到心外，衍生出悲伤、悲凉来。

蒋殊写的是她的家乡武乡，写的是她血浓于水的土地，写的是一部抗战史，写的是曾经苦难的中国。

多少年，我一直在她身边。她柔柔弱弱的，慈眉善目，对你笑时，满脸都是花瓣，无法想象这样的她会和这样鲜血淋漓的土地叠合在一起。可是，还是重合了呀，那是在这块土地上消失了的乡亲以及那些异乡人，他们的血流进了浊漳河，经由河水流入土地，土地上长出的庄稼经由空气和粮食，进入蒋殊的身体。她身上涌动的不是她的那一颗女儿般多情的心，而是千万个英灵的使命与向往。她，服从命运的安排，拿起她的笔，用她的情来书写、来偿还。

今天的我，周围一城荒原。夜色愈沉时，蒋殊便出现在我眼前了。

她在她的土地上行走，一个人一个人地去寻找，一个村一个村地去丈量，寻找那些远去的故事，丈量武乡曾经为中国历史奉献出的丰碑到底有多高多大。她说一口纯正的武乡话，她一回到她的乡村便是这样，乡音是她最美的表达。她亲切地与那些参加过抗战的老兵交谈，那些老兵也亲切地看着这个漂亮的女娃娃。她穿着都市摇曳的花裙，却依然会坐在乡亲们的炕头上，等待他们讲述已经久远了的再也不想回望的记忆。而背过身去，她会哭泣，她的头很多次埋在方向盘上不愿起来。我心疼她，真的，她那样娇弱的肩膀怎能抗得起战争带来的伤痛啊！

擦擦泪，继续寻找和丈量，这是她的使命！

书中的文字是波浪起伏的，每一个老兵都有不一样的故事，每一个故事都有不一样的结局。带给我们的冲击和感动也不一样。

蒋殊对发生在这块土地上的战争，不论大小，都有涉及，但她没有把笔墨停留在战争中，没有停留在战场上，而是去找寻曾经参与者的来龙去脉，去探究他们与战争面对面时的心理与伤痛，去冷静地表述他们当下的状态，通过这样的视角让我们看清战争给国家、人民带来的创伤以及难以愈合的心理隐痛。

实际上，她能寻找到的实在有限，历史早已被时间这个刽子手弄得面目全非。这些老兵已经是风中烛雨中花，在老兵们心里，时间失去了具体的标准和计量功能，能回忆到的东西也有与历史相背而行的态势。她只能一点点地拼凑，再从史书中挖出只言片语来，小心地去求证、订正和补充，以期能还原出一段过往。明明知道是不能再复原的历史，可还是得进行下去，因为即便这样，老兵和先烈们的名字也远远超过了民政局记录里单薄的名单，超过了各种书籍中不成样子的零星记录，甚至有的只是口口相传，等到人去楼空时，历史将变成风吹过的平原，再无踪迹。就在这个过程中，虽然能确切地感知到一些细节，虽然这些细节还是模糊的，而历史却清晰起来。

所有的历史都不会被隐没，我们看到的是书写者对历史真实的记录。作为历史的书写者蒋殊呕心沥血地去打捞历史的碎片，一个作家的良知呈现出阳光般的明艳。

蒋殊的笔下，山川、河流、土地、草木都是有生命的，它们在特定的时代参与战争，“脚下的这片土地，一寸一寸尸骨遍地，想着想着，风便来了，呜呜咽咽”“坐在阳光里对抗孤独”“一头驴的耳朵顺着风贴在脸上”“老槐的心里，藏着血泪”“疲惫的羊山最后挺立起伤痕累累的身躯”。这些语言从作者的笔端自然而然地流淌出来，在武乡的土地上跳舞，多么美啊！而由这样的美去构建战争的痛，又有着撼动人心的力量。你读了，就会懂。

她的笔下，那样惨痛的历史，幸存的老兵们却无一例外地安享生命，享受阳光，且对现今的生活存有感恩之心，他们身虽伤残，心却高贵，静静地在光阴里守着人世最后的温暖。

想到这些，我便要哭！

对于他们给予这个世界的，对于武乡这块土地给予我们的，我们有什么回报呢？蒋殊没有说，但我知道，她悄悄问出两个问题，那就是人们该怎样看待逝去的历史，该怎样对待自己的生命。

我不擅表达，只是默默地看着她辛苦、努力。她希望将来人们记住的不是她的容颜，而是她的文字。

她用这些文字，在心里，为所有的英灵竖起一块碑，一块无字的神圣的碑，一块有风骨的碑。

如果这些文字变成带有墨香的书页，有棱有角，逶迤地归来时，我想，我是不是不会再看了，看一次有一次撕裂般的痛，看一次体会一次蒋殊流不尽的心头泪。

泪流过之后，我却知道，蒋殊以她的文字站立，为了铭记！

本书参考资料来源于《虎团春秋》（郑国仲、李志宽著）以及中共党史出版社“武乡抗战故事”（魏书文总编、郝雪廷主编）系列丛书。

另有部分资料由王照骞老师提供。